根

以讀者爲其根本

莖

用生活來做支撐

引發思考或功用

獲取效益或趣味

Q
爸爸
成長回記
人生舞台上的新角色—Q爸爸誕生了！
劉亮佐◎著

愛麗絲IRIS

Q爸爸成長日記

作　　者：劉亮佐
出 版 者：葉子出版股份有限公司
發 行 人：葉忠賢
總 編 輯：宋宏智
主　　編：林淑雯．陳裕升
企　　劃：汪君瑜
活動/媒體：洪崇耀．汪君瑜
文字編輯：趙紋紅
美術編輯：周煜國、Norman
封面設計：靜薰（NaNa）
印　　務：黃志賢
專業資訊顧問：宗北聯合診所　陳玉玲醫師
部分照片提供：嬰兒與母親．奇哥股份有限公司
地　　址：台北市新生南路三段88號5樓之6
電　　話：（02）2366-0309
傳　　真：（02）2366-0310
E -mail：leaves@ycrc.com.tw
網　　址：www.ycrc.com.tw
郵撥帳號：19735365　　戶名：葉忠賢
印刷：鼎易印刷事業股份有限公司
法律顧問：北辰著作權事務所
初版一刷：2004年 6 月　　新台幣：249元
ISBN：986-7609-22-0

Q爸爸成長日記/劉亮佐作.
--初版.--臺北市：葉子, 2004[民93]
面；　公分
ISBN 986-7609-22-0(平裝)

855　　　　93006053

陳瑾幫銓銓取了「Q寶貝」這個小名，

Q除了和Cute諧音之外，

也代表了世界上所有新鮮而可愛的生命，

而這本書就是要獻給所有辛苦的

Q爸爸和Q媽媽。

陳瑾（Q媽媽）

亮佐真的是一個用相片寫日記的人，從他小時候到現在有小孩都完全沒有間斷過，所以家裡光是他的照片就好幾箱了，而銓銓就更別說了，家中電腦裡的硬碟幾乎都是Q寶貝的照片，亮佐真的是一個愛拍照的人。

請慢慢欣賞這本書裡銓銓的成長，他的模樣每天都不一樣喔！小孩長大的速度真的很快，請每一位Q爸爸、Q媽媽好好把握孩子的每一天，陪著他們長大，儘量讓他們快樂，然後你會發現你家Q寶貝的臉孔會越來越像天使喔！

陳瑾

聶雲

我是個正準備迎接家庭新成員來臨的男人，可我現在的感覺只能用複雜和困惑來形容。其實應該有很多事情需要準備，但我卻還是不知該從何開始。大多數的Q爸爸或許也和我一樣，只能到處詢問親朋好友，期盼從他們那兒得到一些答案一直到這本書的出現。在殷殷期盼Baby的來臨過程中，它為我們畫出更清楚的藍圖和一步步準確的方針，告訴我們對迎接新生命的開始和未來該有些什麼樣的期待、該準備什麼和如何準備。

懷胎十月的過程中，所有的關注和期許似乎總是落在媽媽們的身上，但是身為準爸爸的我們，其實也是可以有很多貢獻的。不過很不幸的是，男人如我們，總是不知道該怎麼做才好！所以現在就停止無謂的猜測吧！讓這本書傳授你許多實用的技巧，以及如何讓你親愛的老婆產生錯覺—你是她心目中最理想的超級好爹地！

動力火車／尤秋興

劉醫師（我都這麼叫斗哥）算是我在戲劇界的第一個朋友。第一次見到他大概是在1997年，我們到當時在仁愛路的中廣上電台通告，那時有一部正走紅的電視舞台劇－《我們一家都是人》，他們錄影地點就在當時中廣的某一攝影棚，而我正好是「一家人」的戲迷，碰巧文英阿姨（我們的師妹，但比我們早出片）也是此部戲的主角之一，她就帶著我們參觀場景，並介紹戲裡的演員、編劇及導演給我們認識，而劉醫師就是該劇的編導（那時還是單身），雖然我從沒告訴劉醫師，那時候我對他根本沒印象，也根本不記得有見過他，因為我喜歡的是演員，像小那、阿常、阿德…等，而不是當編導的劉醫師，最讓我感到抱歉的是，他竟然是我們的歌迷，甚至把我們當成偶像，只要我們在KTV裡找得到的歌，他都會唱，儘管通常只需一首半的歌就足以解決他的聲音、耗盡他的體力，但是他對我們的忠實度還是讓我很不好意思。

而開始對他有所認識是在拍攝《名揚四海》電視劇時，他是我們的表演課老師，劇裡也有很多很重要的場次必須跟他對到戲，聊天時間一多，我們很自然地成為好朋友，再加上很多興趣都相同，如：攝影、愛狗、聽音樂、舞台劇、欣賞經典名片…，所以很容易就混在一起。

劉醫師第一次約我出來玩就約在他的舊家，也是我第一天認識劉師母－陳瑾。他的一群朋友都是舞台劇演員，當時他們正在討論即將來臨的劉府喜事，順便烤肉、聊天、說笑話，我也提供了好幾個笑話，劉醫師笑得很大聲，但不是因為我講的好笑，而是場子冷到被他嘲笑（到後來他們才發現我的笑話真的很好笑）。

劉醫師很愛交朋友，從台灣頭至台灣尾、從老到少、從室內設計師到釣友，什麼類型的人都有，這也造就他現在為人處事、與人相處都很有自己的一套；雖然他的朋友多但不濫交，很多朋友可以不計利益與他合作，甚至自己掏錢幫忙完成劉醫師的工作。而我就是其中之一，雖然還沒有這經驗，但只要劉醫師開口，且在我能力範圍內，我一定願意，因為他為人正直、成熟穩健（跟他的體型有關）、又有想法，我們這些朋友當然願意為他拔刀相助。

劉醫師雖興趣廣泛，但也常三分鐘熱度，甚至會盲目地購買一些朋友介紹的各類用品或昂貴的汽車音響。銓銓，是劉醫師的新玩具，最高級、最昂貴、最人性化的玩具，不能送人、也不能轉賣，更不可遺失、被竊（劉醫師昂貴的汽車音響被偷過），最多借來抱抱，雖然5秒鐘後馬上要還（因為屢抱屢哭，屢試不爽）。他是劉醫師的最大財產，體型也很雄壯、肥美（遺傳吧！應該），我確定在劉醫師與師母的把玩與細心保養下，銓銓將會有健康、快樂的童年，而且身邊有我們這麼多好叔叔、好伯伯、大阿姨、小阿姨…的陪伴，銓銓絕對、肯定而且必須有美好無比的未來。

願上帝祝福劉醫師全家平安、快樂、健康。

PS：別太自私，銓銓也需要有他自己的玩具，或者弟弟、或者妹妹，生產報國，人人有責。

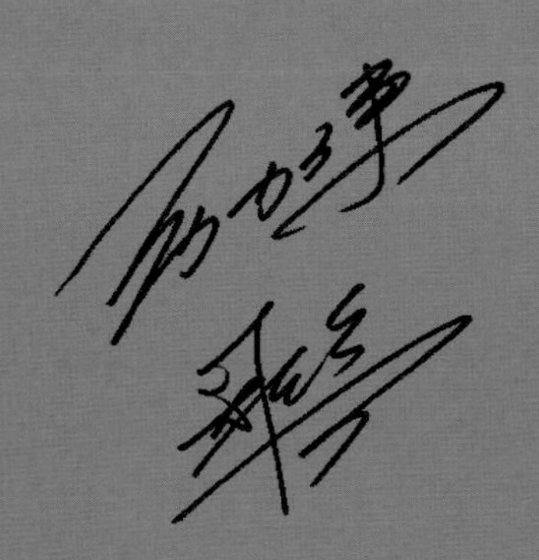

萬一我們在生命中迷了路

我曾經是一村幼稚園、再興幼稚園、再興小學、再興中學、再興高中、

國立台北藝術大學、國立台北藝術大學研究所的學生，

也是舞台劇和電視的編劇、導演及演員，

現在我最驕傲的是：我是Q寶貝銓銓的爸爸，

一個愛家、愛老婆、愛孩子的男人。

我愛拍照，

因為我喜歡把生命中留不住的東西存起來，

存在一個不只有我一個人可以看得見的地方。

左邊都是我小時候的照片，
右邊是同一張照片貼上銓銓的臉。
看這照片是不是真的有「囡仔不能偷生」的感覺。
（感謝網友Cathy提供）

這一年多來，

每一天都渴望和銓銓在一起，

無時無刻地想看見他，

不管是從照片、影像或是從思緒中回想起他的樣子時，

都會有一種微笑著的幸福感，

就在同時，心底深處卻也隱隱地滲出一種感傷：

想到我過世的父親，以及對我們的愛始終沒有稍減的母親，

自序

想起小時候也像銓銓一樣被幸福地愛著，

可是長大後卻與父母親更顯疏遠的自己。

我常望著銓銓，並為著他長大後也許會和我們漸漸疏遠而感到難過，

好像現在這樣全心全意、互相依靠的愛會隨著銓銓的長大而逐漸被遺忘，

我認為生命中最感傷的事，也許就是那隨著時間和自我的長大，

而漸漸被遺忘的許多的美好吧！

當我們漸漸遠離那份互相依賴的純粹情感，

開始迷失在屬於自己的色彩之中，

我希望我們可以像狗一樣，

循著這本書留下的影像、文字和情感的氣味，

找回那份最單純的愛的原點。

這本書要紀念陳瑾、銓銓和我們之間最美好的歲月，

也要感謝三十多年來一直沒有離開過我的爸爸和媽媽的愛。

你幫你的Baby拍照了嗎？

你留下了你們之間最好的那段幸福的微笑了嗎？

千萬不要讓它只能在偶爾需要的時候，

破碎地浮現在你的腦海。

目錄

Chapter 01 1+1≠2的人生哲學

Chapter 02 好男人真命苦：幸福、喜悅與災難的起點

Chapter 03 隔著肚皮的接觸

目錄

Chapter 04 產前最後演練

Chapter 05 3Q新世界

Chapter 06 Q爸爸投入另一個新戰場

Chapter 01

1+1≠2 的人生哲學

如果把婚禮以食物鏈來比喻的話，男人就是最下層專門提供別人飽足的食物。

關於結婚

我有很多朋友害怕結婚，縱使他們有交往多年且歷經波折的女朋友，但還是很鴕鳥地不願意去面對，歸納起來有幾個原因：

1.結婚很麻煩。

2.婚禮的場面讓人緊張。

3.怕結婚的時候被朋友鬧。

4.害怕結婚以後被綁住，沒有自己的生活。

這是婚禮前的烤肉會議，看起來很凌亂、很開心，加上一群好朋友的熱情支援，這就是幸福的開始。

這些問題是每一個已婚男子都經歷過的，只是有些人結婚之後調整得很好，有些人就算孩子都生下來了，卻仍在自己的浪漫中掙扎。結婚真的很麻煩，不過你放心，整個籌備時間通常不會拖太久的。婚禮的場面一定會讓人很緊張，就連我這樣一個擁有無數演出經驗的演員，都在步上紅毯前緊張地大叫了出來，但當時的心情卻是很爽快的。我目睹過好幾個朋友的婚禮，不論是鬧酒還是鬧洞房的過程，就一個旁觀者來說，我只能在心裡暗暗發誓：「媽的，太慘了！我一定不要結婚。」可是後來才發現，被鬧得越慘的婚禮，其實充滿了越多的祝福，因為絕對不會有人趁著吃喜酒的時候順便報仇的啦！

那天真的搞怪搞輸所有人，大家實在太HIGH了，我和陳瑾都被擠到後面去。

每個人結婚都會有至少一個的理由。

我們想結婚是因為：
我們太相愛了，

所以我們希望讓原本就很快樂的生活無限延長
我們即將要勇敢的走入

『從此以後過著幸福快樂的日子』的童話世界
所以我們……
需要你們的陪伴，
需要你們的祝福，
更需要你們親自參與這一場象徵著幸福開端的

當然，晚上十點以後的PARTY千萬不要缺席

婚禮	入席	下午六點半
	觀禮	下午七點
	地址	台北晶華酒店 /The Grand Formosa Regent Taipei 台北市中山北路二段41號　三樓宴會廳
	電話	02/25238000
婚禮後的PARTY	時間	當天晚上十點（婚禮後）
	地點	台北晶華酒店地下三樓 義大利餐廳音樂屋Cafe Studio Music Room

因此，在鬧的過程中，新郎、新娘一定不能彆扭，反而要心中「充滿感謝」地喝下高跟鞋裡的酒、乾掉加了酒、醬油、醋、辣油等調味料的飲料、努力舔新娘身上的糖果、盡情地舌吻、拚老命地把當時的氣氛帶到最高潮，讓婚禮充滿著吵鬧聲和祝福。至於結婚之後的「失去自我恐懼症」，就等到結婚以後再想吧！有時候，身為旁觀者和真正置身其中是完全不同的兩回事，也就是說，「結婚」真的沒有你想像中那麼慘啦！

+01 岳母的偶像。我小時候都是聽他的歌長大的。（MICHAEL不要打我，呵呵！）

+02 喂！中間這位挖鼻孔搞怪的偉大造型師，請注意一下形象好嗎？

+01.02 各位！你們不是應該跟新郎新娘拍照嗎！？搞什麼小團體！

+05 林美秀！不要趁機接近帥哥。

+03
2002年5月1日，聶雲和JUDY參加我和陳瑾的婚禮。

+04
2002年12月22日，陳瑾挺著七個月大的肚子和我去參加他們的婚禮。

+05 欣凌，妳那天真的很美！可是我們還是要一起瘦一點。

+06 歌舞劇天王—柏森＆歌舞劇天后—阿郎。

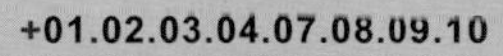
+01.02.03.04.07.08.09.10

說真的，要是沒有這些送客照片的話，真的很難記清楚結婚當天有來的朋友。看著那天送客時混亂、歡樂的照片，真想和陳瑾再結一次婚，然後再把大家找來玩，呵呵！結婚真的很開心，祝福每一個人在未來都有一場歡樂而永難忘懷的婚禮。

婚紗Try Try看

+01-03
老婆的禮服最重要，試禮服當天最好預留至少五個小時全程陪伴，也要找親朋好友一起共襄盛舉，其實真正原因是：要是真的挑了不那麼好看的禮服，你不需要一個人承擔所有可怕的後果，呵呵！

06

+04-09
男生試禮服也不要太隨便，除了老婆之外，一定要帶好朋友一起去，因為太多款式、顏色絕對搞到你失去任何判斷力，記得從頭到尾要面帶微笑喔！

07

+10.11
朋友陪著一起試禮服除了補足你喪失的判斷力之外，也可以及時喚回你快失去的幽默感。

婚紗照第一回合

拍婚紗是門很艱深的學問，你不僅要有視人的慧眼（選婚紗店及攝影師）、導演的頭腦（怎麼拍？拍什麼風格？在哪裡拍？）、演員的自在（在鏡頭前自然且多樣的表現）和聖人般的耐性和EQ（整個過程真的很累也很「盧」），最後也最重要的就是要有「捨得」的決心，因為在拍完之後要挑選照片時都超捨不得的，一旦捨不得，照一般江湖上的計價方式，每多挑一張可是要多付600元到1200元不等的COCO喔！俗話說：「有捨就有得」，這句話用在拍婚紗照上可真是再恰當不過了。

話雖如此，但我這個打從計劃結婚開始就準備豁出去的「潘吶」（台語，多花錢的冤大頭的意思）才不會計較這些咧！從婚紗店到攝影師，一切都以老婆的意見為意見，偏偏陳瑾也是很夠意思的一起豁出去（嗚～～），結果就是：我們找了「最」貴的婚紗店和「最」貴的攝影師（還好事後覺得一分錢的確有一分貨，非常值得）。至於整個拍攝的風格和地點就由我來決定，我希望我們的婚紗照充滿強烈的戲劇性，而且要找來所有伴郎、伴娘、花童、我家的PUPPY及親朋好友一起拍，讓這個婚紗照充滿了熱鬧與喜氣的感覺。於是地點的選擇有：晶華酒店（妹妹上班的地方，我們家所有的喜事都在這裡辦，有紀念性）、MOJO（蕭言中的哥哥大寶開的PUB，我和瑾以前很喜歡和朋友去PUB玩，有紀念性），加上一定會拍的棚內部分（親朋好友一起拍，有紀念性），這就是我們拍婚紗照的行程了。本來也想去郎祖筠郎姐家拍的，因為她和BOBBY在陽明山上的家有大片的綠地和漂亮的平房，可以讓婚紗照有大自然的開闊感，可惜當天下大雨只好作罷。

新娘的最愛－鑽戒，它代表的不僅是新郎不計代價的愛，也代表了像鑽石般堅硬、永恆的婚姻。

為了不讓拍照的過程太無聊且尷尬，只好情商我的伴郎們來作陪，而那天只有小那（那維勳）一早就有空，於是他便陪著我們拍婚紗照，不僅一路講笑話逗我們笑，還當起現場導演指揮全場，並且幫我拿DV做紀錄，當然大包小包的東西也都是他幫忙拿的，他的恩情到現在還是很讓人感動！（小那，我一定會報答你的！）下午JASON（李傑聖）、昭德（尹昭德）、阿常（李建常）、承矩（單承矩），也陸續前來支援，讓原本只有我和瑾兩個人拍到快尷尬的狀況得以解除，然後氣氛也越來越熱鬧。

在這裡也要建議所有想結婚的人，拍婚紗照時請務必找位活潑愛搞笑的朋友作陪，這樣拍出來的效果會加分許多，另外還要奉勸各位男士，拍婚紗照真的很累，因為對很多男生來說，拍照似乎是多此一舉，但是，對女生而言卻像是儀式般的重要，請千萬一定要體貼，老婆提出的任何要求最好都照單全收。拍照當天一定要睡好、心情要調整好，因為整天的拍攝行程不只累，還會讓你莫名其妙地開始怨天尤人，一點小事都會放大數百倍，甚至會委屈到無法自拔，是個非常適合發脾氣的狀況，但是切記要忍～忍～忍～，就姑且當作是婚前夫妻良性互動的練習吧！

晚上回棚內拍，簡直只能用精彩絕倫四個字來形容，現場除了六位伴郎、六位伴娘加上一位花童（另一位當天感冒），以及特別友情贊助全力支援化妝的造型師蕙美（孫蕙美）之外，我和瑾兩家的家人九名加上PUPPY一隻以及公司的藝人們，還有我編導的兒童劇《隱形貓熊在哪裡》的主角隱形貓熊「叭不叭」。婚紗店的員工驚駭地說，這是他們的攝影棚第一次擠進超過三十個

人一起拍婚紗。可是對我而言，這才是婚紗照的意義，讓所有的親朋好友、生命中重要的人及動物，一起和你在這人生最重要的時刻留下回憶，而當天自然是拍得「人仰馬翻、金光強強滾」。一個星期後去婚紗店挑照片，眼見攝影師搬出好幾落（大約拍了三、四百張）的照片，我幾乎每一張都喜歡，可是這樣撇下去可是幾十萬元的大事，於是和瑾及我們兩家的家長花了三個多鐘頭，挑出最捨不得被銷毀的130張照片，這130張減掉原本費用中的30張，我們整整多挑了100張，多花了將近10萬元，可是～～（吞一口口水）真是值得，哈哈～～（心情複雜ing）。

在這裡也要跟大家分享一下一個有趣的小東西，一般婚紗照除了大相本、油畫框的大照片之外，其實業者也開發出很多具紀念性的小東西，像是印有婚紗照的杯子、T恤等等，我後來發現他們也有製作縮小版的相本，大約為手掌般大小，非常精美（「非常精美」的同義字也就是「非常昂貴」），於是我又做了十多本送給我的伴郎、伴娘及當天來幫忙的朋友們（這可又花了好幾萬呢！）。

送給伴郎、伴娘們的精美小相本。

MOJO PUB拍的婚紗，我們很努力呈現出都會男女夜生活的感覺，呵呵！我很喜歡這組照片像是電影畫面般的光線、景深和戲劇感。

在光影豐富的場地拍照，一定要把握機會拍幾張很有情感層次的個人照，不但漂亮的陳瑾更漂亮，連不帥的我看起來也蠻帥的。

可以看到攝影師利用桌面與牆壁的鏡子效果建構出多層次的畫面，很有質感吧！

記得，拍婚紗照一定要像神經病，正常的拍完了，一定要來幾張不正常的。

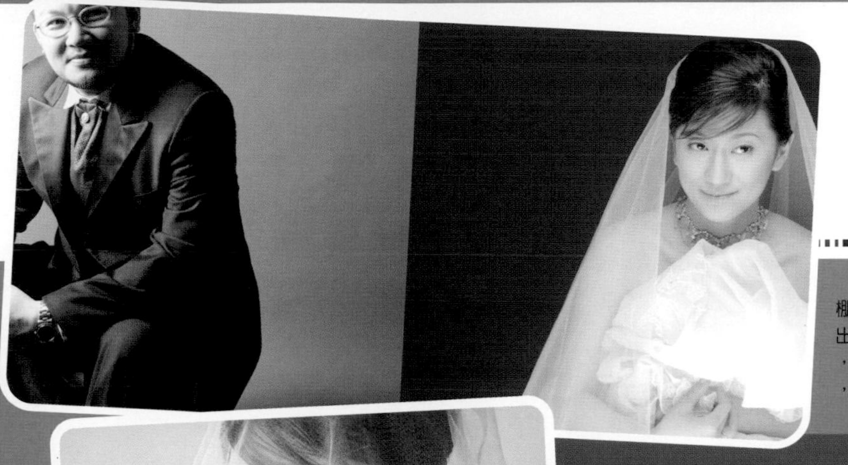

棚內的拍攝雖然很一般，但是只要細心培養出好心情、找到和攝影師最舒服的互動方式，然後擺出連自己都覺得好看的姿勢和表情，一樣也可以拍出很與眾不同的照片喔！

特殊的大道具也可以增加照片的趣味，不過要找到像隱形貓熊叭不叭這樣一個特殊且具有情感意義的大娃娃可就不簡單囉！他可是花了趙自強四十多萬從日本訂製回來的，也是我在如果兒童劇團編導的第一齣戲的主角。

很多看似平常的地方，在攝影師眼中也可以是很不一樣的喔！這張是在晶華酒店的「蘭亭」拍的。

難得一次大手筆的拍照，不要忘了家裡的寵物喔！

+01-03
我們齊石傳播向來以感情融洽聞名江湖，所以當天有空的同門師兄弟姊妹及工作人員都一起來拍照了。

+08-11
家人要分好幾次拍，才能拍完所有的排列組合。

+04-07
美美的新娘和伴娘該怎麼拍呢？她們有自己的想法，嘿嘿～～

+01
我和這群伴郎們的照片當然不能落人後囉！除了和我美美的媽媽拍之外，剩下就開始搞怪了。

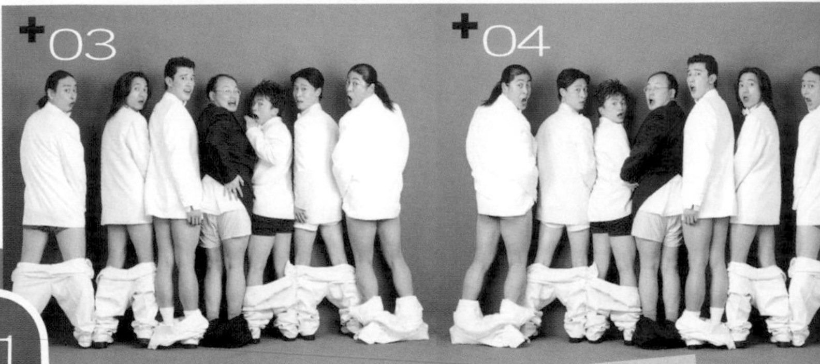

+02-05
大家七嘴八舌的，有人提議扮流氓、有人提議裝酷，後來不知道是誰說要脫褲子，好吧！那就脫囉！

新郎、新娘和全部的伴郎、伴娘一起拍，可真是苦了攝影師，因為地方沒那麼大，所以一直在橋位置，大家也趁空檔想鬼點子玩，於是一張張正常與不正常的照片紛紛出籠了。

瘋狂婚紗照

+01.02
拍照時玩著玩著，不知道是誰出的點子，要唐從聖和林美秀演要結婚的新人，於是出現了這兩張超級無厘頭的婚紗照。

03

+05

+04

06

+04-06
趙自強一向很忙，連好朋友拍婚紗照也照樣很忙，那天他晚上十一點到，可是我們大家還是ㄍㄧㄥ著和他一起攝影留念。那種累到迴光反照式的HIGH法，還真是創意無窮。

婚紗照第二回合

其實婚紗照的拍攝並沒有在當天全部結束。為了拍出最具意義的婚紗照，我特別在我編導的兒童劇《故事大盜》巡迴到新竹演出的時候，情商婚紗店把禮服借出來，然後請我的攝影師好友王志偉幫我在劇場的舞台上和所有角色一起拍，在那天早上的演出結束後，我們趁中午休息的時間搶拍，狀況雖然多，但是演員的捨命配合讓一切十分順利，不過下午就在演出開始沒多久，卻因為「331大地震」而取消，那一天真是讓人永難忘懷啊！

+01-08
雖然陳瑾不是做和劇場相關的工作，可是因為我的關係她也很喜歡劇場的一切，包括劇場演出、劇場生活和我的劇場朋友們。
「331大地震」那天，我們在《故事大盜》新竹的演出場地拍了一系列屬於我們兩個人的舞台婚紗照。謝謝所有的技術人員配合，讓我和陳瑾的婚紗照中保存了和劇場重要的回憶。

2003年331大地震版婚紗照
03
05
06
07
08

+01-04

感謝所有演員的熱情參與，在照片中可以看到你們雖累但卻也玩得不亦樂乎，也可以「一直」看到水果奶奶在每一張照片中都在講重要的電話。如果當時就知道下午會因為「331大地震」取消演出的話，大家應該可以玩得更開心才對。

2003年331大地震版婚紗照

03

04

爸爸
成長回記
人生舞台上的新角色—Q爸爸誕生了！

2003年331大地震版婚紗照

一場快樂的婚禮

關於婚禮，以一個男人的角度來看：這場婚禮一切都要事事以你最親愛的老婆為主，努力完成她的每一個願望；而以一對要結婚的新人角度來看，結婚當然是為了你們兩個人，但切記，婚禮也是為了家人，只要雙方家長開心，就是一場成功的婚禮了。各位男士，以上的話看懂了嗎？比方說，新娘子希望在五星級飯店請客，那身為男人的我們就一定要去完成；如果新娘子希望在五星級飯店請客，而家長希望用辦桌的方式請客，那身為晚輩的新郎和新娘，請努力完成長輩的想法，不要讓原本該開心的喜事複雜化，如果新娘子不從，執意要在五星級飯店請客，那身為男人的我們，就請拿出最好的EQ和IQ來解決吧！結論是，如果把婚禮以食物鏈來比喻的話，男人就是最下層專門提供別人飽足的食物。

總括來說，每一個男人在面對婚禮這件事時，必須是無私的，必須是為你之外的每一個人設想的，這種「無我」的境界當然會有點悶、有點委屈、有點ㄍㄧㄥ，可是這是一件成就

2002年5月1日，我和陳瑾的婚禮從上午七點的迎娶儀式展開。男方的陣容有：三位伴郎（尹昭德、那維勳、李建常）加上兩位花童和十二輛小飛象車隊的禮車。李傑聖負責拿DV跟拍，另外加上正在拍照的兩位專業攝影師。

「大我」的事，也是婚姻生活的第一步，如果這一步你踩得漂亮，相信我，你的未來就光明璀璨了。

整個婚禮的氣氛當然要稍微莊嚴隆重，可是在莊嚴隆重的前提下，也可以加入一些有趣的元素，像是：特殊的表演（所謂的「特殊表演」除了鋼管秀、猛男秀之外，還有其他的喔！）、風趣的司儀、奇特的布置等等，都可以讓你的婚禮更顯現出特色，也讓參加的人印象更深。

我的婚禮就是一場特別且極度歡樂的例子，除了有趙自強和鍾欣凌這兩位老搭檔主持之外，更有三段由劇場朋友編排的限制級歌舞，加上整整三十幾桌的惡整（我本來最害怕被整，可是一旦豁出去玩之後還挺開心的），除了朋友起鬨之外，我那位活潑的岳父更是帶頭騷動，整個婚禮一直到晚上十點都還沒有人離開。送客的時候可以說是第二波重頭戲，因為我把我的三位攝影師朋友都請來支援，加上自備相機的人，所以在門口硬是分成好幾組拍照，除了跟我和陳瑾拍之外，旁邊還有親朋好友自拍團體照留念區，另一邊還有追星族區，專門找我的藝人朋友合照。而

到了陳瑾家也沒有遭受太困難的阻擋，倒是岳母不知道給阿常和昭德吃了什麼東西。

順利地帶著陳瑾回飯店去準備囉！

為了讓來參加婚禮的人能玩得盡興，我還在婚禮之後直接在晶華酒店地下三樓辦了一個PARTY，讓過足照相癮的人可以直接到B3去跳舞、喝酒還有吃東西。從婚禮開始的下午六點鐘一直到半夜三點PARTY結束，所有人都HIGH到一種忘我的地步，甚至到現在只要聊起2002年5月1日的婚禮，大家仍是印像深刻呢！

至於在這麼龐大的婚禮中，我收的紅包和請客的費用有達到平衡嗎？答案當然是：沒有，而且還貼很多錢，包括滿月酒和周歲的請客無一不貼錢，但是我只能說一切都很值得，因為這些過程除了需要歡樂、需要幸福的感覺外，更需要眾家親朋好友濃濃的祝福，所以多花點錢、多受點委屈、多累一些都是值得的。

+01

+01
迎娶的回程，大家也不忘一直拍照留念。

+05-06
大家趁我睡覺的時候跑到婚禮現場彩排節目，還找人把風不要讓我去看，因為要給我一個很大的SURPRISE。

+02-04
終於抵達飯店囉！迎娶成功!!（我想應該很少有不成功的吧！）

+02
我的好朋友也在婚禮時帶來有我的專訪的當月「PLAYBOY」分送親朋好友。

+01
我累了！不過婚禮前的下午真有種異常的慵懶感，好像什麼事都沒有，可是明明晚上就要開始人生的大事。

+03 光從小那的造型應該就感覺得到他們在婚禮演出時的殺傷力吧！

+04-08
越接近婚禮，房間裡就聚集越多人，聊天的聊天、拍照的拍照、搞怪的搞怪，超熱鬧的。

+09-15
婚禮的開始由六對伴郎、伴娘和花童打頭陣。

+01.02
因為大家太熱情了，所以拉炮一直往我們臉上攻擊，那天我和陳瑾真的就是這樣進場的。

+03
我知道戴戒指的時候我的表情很呆，可是真的是緊張的變不出花樣了。

+04.05
主婚人是我的恩師—李柏君老師，在台北藝術大學學了九年的京劇，就是李老師教的。

+01
盛大的伴郎、伴娘一字排開……超緊張的！

+02.03
主持人是婚禮的靈魂人物，他們可以讓婚禮呈現出最恰當的氣氛，所以你們看到趙自強和鍾欣凌的樣子，應該可以感受到婚禮那天的瘋狂吧！

+04-06
儀式結束後當然又被大家拱著要把新娘抱出場，可是……從聖和美秀你們會不會太進入狀況了，又不是你們結婚。

+01.02
陳瑾和我有共識：婚禮的時候要留多一點時間陪朋友，不要一直換衣服，所以那天只有婚紗、敬酒服和送客服三套。

麻辣婚禮SHOW

04

05

06

07

+03-08
婚禮過程中有三段好朋友準備的演出，內容真是火辣勁爆，完全是限制級演出。在滿場尖叫、瘋狂及叫好聲中，我真的感受到大家的祝福了，謝謝你們！
（到我的網站上可以看到三段演出的實況哦！）

08

03

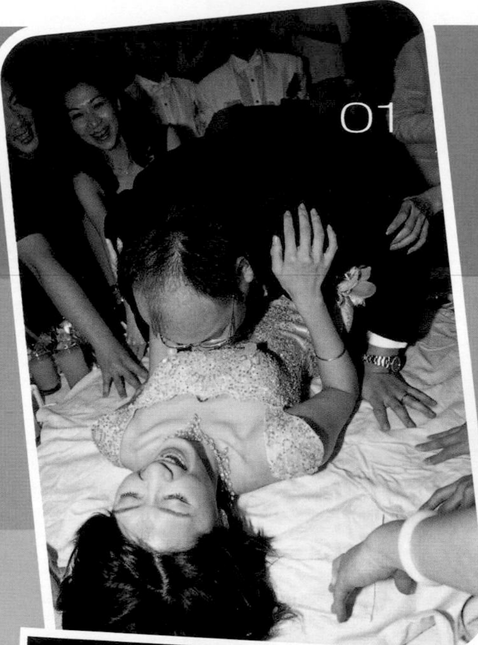

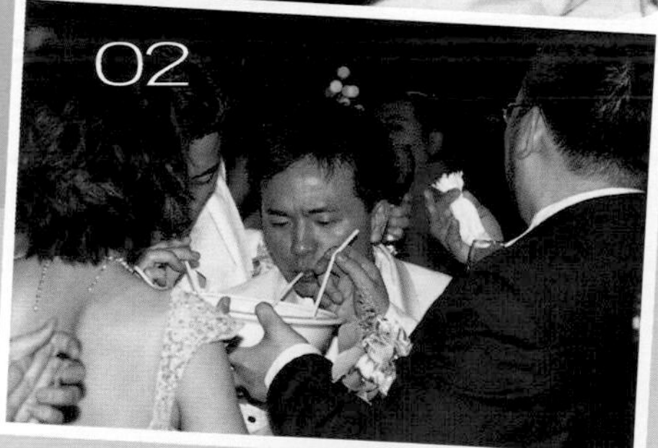

+01-04

四十五桌的敬酒過程，我和陳瑾被整了至少三十桌。當然伴郎、伴娘也是當晚拯救我們脫離險境的功臣。

+05.06

婚禮結束後，大約有八成的人繼續往地下三樓的PARTY出發，一路又玩到凌晨三點。

+07

+07-09
整晚的婚禮下來，真的是又興奮、又開心、又疲累。

+08

09

+10
我的老天爺啊！
美秀妳又在幹嘛！？

10

生男生女

一旦開始和別人聊起準備生孩子的計畫時，生男、生女這件事就變得很重要，不論你有沒有計畫，別人的熱情可是永遠不會輸你的。

在此也分享一個讓我一舉得男的偏方，這要感謝黃仲崑和碰巧在I.C.Q.上碰到的學長，也是果陀劇團的團長梁志明推薦的這個偏方，當然我是因為他們也都成功地一舉得男才相信的。

方法就是，他們都在計畫生男生前大量吃肉，讓體質變成酸性，而老婆則大量吃蔬果，讓體質成為鹼性（計畫生女生則相反）。因此那段期間，我努力吃肉，瑾則賣力地吃蔬菜、水果，配合基礎體溫的測量與雙方的努力，終於「真的」一舉得男，也因為成功了，所以我也沒理由不相信這個方法，並且找了更詳盡的資料，在此推薦這個一舉得男的「撇步」給大家參考。

造人小幫手－基礎體溫

何謂基礎體溫計：

首先要強調，基礎體溫計和一般體溫計是不同的，傳統的基礎體溫計除了攝氏刻度外，還將每一度細分為20個刻度，因此能更精確地顯示出基礎體溫，其中又以電子式在使用上更為方便。一般的基礎體溫計大多會附基礎體溫記錄表，在使用前可以先影印數份空白表格以備不時之需。

基礎體溫測量方法

每天一早醒來，先不要急著活動，將基礎體溫計放在舌下，然後靜靜躺在床上，五分鐘後再取出基礎體溫計，並將溫度記錄在表格上。建議大家測量基礎體溫的時間最好固定，這樣會讓「造人計畫」更加精準。

女人在生理期時與生理期後幾天一定是低溫期，排卵後到下一次的生理期是高溫期，所以當妳發現某一天基礎體溫突然升高時，那就是排卵的時間，這時候記得千萬不要客氣，一把將你親愛的老公推到床上，撕開他的衣服，露出邪惡的微笑，然後撲到他身上，強制執行「造人計畫」吧！

生男生女與酸鹼性的戰爭

就生理而言，決定生男生女關鍵在於精子的性染色體，女性的卵子只有X染色體，而精子中則有決定性別的X染色體和Y染色體。如果是帶有X染色體的精子進入卵子，就會生出女寶寶；若是帶有Y染色體的精子進入卵子，那當然就是個男娃娃了。

如果你擔心以下的方法還是無法有效提高生兒育女的機會，在科技昌明的今天，你也可以利用先進的醫療技術，像是：精子分離術、口服排卵藥等助你一臂之力。不過，就算再精良的技術，成功率最高還是只能達到八成，而且不是一次成功，連續做五、六次才受孕的人也不在少數。

一舉得「女」的方法：

★在排卵日前一、二天行房。通常在排卵日之前，女生的子宮頸會分泌大量且黏稠的黏液，這些黏液會阻止精子進入子宮，只停留在不適合Y精子生長的酸性陰道環境裡，使Y精子被淘汰，留下X精子，等黏液溶解後，X精子便能順利與卵子結合，而開始孕育女寶寶。

★讓陰道呈現酸性。X精子在酸性環境裡較為活躍，所以若將陰道環境佈置成酸性，即可提高生女兒的可能性。女方可在性行為前，以少量而乾淨的溫開水稀釋醋酸用來沖洗婦女陰道，讓陰道呈現酸性的環境，有助於生女。

★女方在行房時，盡量避免高潮，減少讓陰道鹼性增強的機會。

★性行為的次數應該頻繁。因為性行為的次數愈多，可以使Y精子的數量減少。

★性行為過程中，可盡量採取淺插入的體位，使射出的精子在酸性的陰道內停留一段時間，讓Y精子盡可能地被淘汰，只留下X精子。

★從飲食調理體質。想生女寶寶的夫妻，可試著增加女方血液中的酸度，這樣一來可以讓陰道的酸度提高，有利於生女寶寶。因此女方可以盡量吃魚、肉類、蛋白及酸味的水果，讓體質偏酸性；而先生則可以多吃鹼性的食物。至於酸性食物有：泥鰍、火腿、牛肉、豬肉、雞

肉、魚類（海鯽魚、鮪魚、鯧、鮭、薩門魚、鯖、鰹、鯧魚等）、木魚、卵白、酸的果類（蕃茄、橘子、草莓、葡萄、蘋果、鳳梨等）。

一舉得「男」的方法：

★女方心情盡量放輕鬆。因為心理壓力若過大，會使得陰道的分泌物變差或變成酸性，將更不利於生男，如果婦女心情保持輕鬆愉快，生男生的機會反而較高。許多在心情愉悅的情況下懷孕或不小心懷孕的夫婦，往往懷男胎的機率比較大，因此適時地調解工作壓力或出國渡假，都是放鬆心情的一個好方法。

★排卵日前要禁慾，因為精子的數量愈少，生女孩的機會就愈大。而性行為的次數愈多，精子的數量就會愈來愈少，所以在排卵日的前五天內，夫妻雙方要開始實行禁慾。

★在排卵日行房。排卵日期間，子宮頸的腺體會分泌呈弱鹼性的水樣黏液，很適合Y精子的游動，所以若在排卵日受精，生男寶寶的機率就會比較大。

★女方達到高潮。在性行為的過程中，如果女方達到高潮，會使得陰道環境偏鹼性，較有利於Y精子游動。

★讓陰道呈現鹼性。從排卵日的前3天開始，可利用每天以棉花棒沾少許重碳酸鈉溶液（如蘇打水）伸入陰道內部擦拭，來增強陰道內的鹼性。每天做一次，排卵日當天則早、晚各做一次。

★行房過程中，盡量採用插入式較深的體位。因為決定男性性別的Y精子，在陰道內較不活躍，所以在較深入、接近子宮口的地方射精，可減少Y精子賽跑的路程，有助於生男寶寶。

★從飲食調理體質。先生應該多吃些酸性的食物，女方則要選擇鹼性的食物，包括：不酸的青菜、水果、麵粉製品、牛乳，以及一些含有鈣質、維生素C、維生素D、碘類的食物，像是：茶、海帶、胡蘿蔔、牛蒡、蓮藕、蒟蒻、黃瓜、茄子、蔥、萵苣（生菜）、蘆筍、馬鈴薯、竹筍、慈菇、洋蔥、花菜、香菇、野葵、南瓜、青豆、大豆、紅豆、豆腐、通心粉、核桃、麵粉、小麥粉、粟、香蕉、無花果、西瓜、刺瓜、枇杷、柿、牛奶、麵條等。

幫寶寶顧根本

大家要切記，準備生寶寶不只是心理上的建設而已，更重要的是至少需要花費三到六個月的時間，來針對你的生活、飲食等做調整與配合，比方說在飲食上必須開始減少酒、茶、咖啡等刺激性的飲料，或是避免吃辣的東西以及過甜的食物，最好是在「努力作人」的這段時間先暫停這些生活習慣，畢竟給寶寶最好的孕育成長條件是比任何事都來得重要的。另外，各種藥物的使用也必須小心（像我一直都有在服用『柔沛』維護我不多的頭髮，但在準備『造人計劃』前三個月就停藥，以防任何不測），如果非服藥不可，那一定要先詢問醫生。最後就是抽菸，這是一定要停的啦！甚至連二手菸都要避免。所以各位體貼的好男人，請不要再給自己任何像是抒解鬱悶或是減壓等冠冕堂皇的理由抽菸囉！也請在必要的時候，勇敢地請在同一空間裡抽菸的人把菸熄掉。所有的改變與調整，除了必須在造人前三到六個月執行之外，女性一方則必須堅持到小孩生下來、月子坐完之後，這當然是件非常辛苦的事，但只要這段時間的生活改變能持續，對寶寶或自己未來的健康狀況都是很好的事。

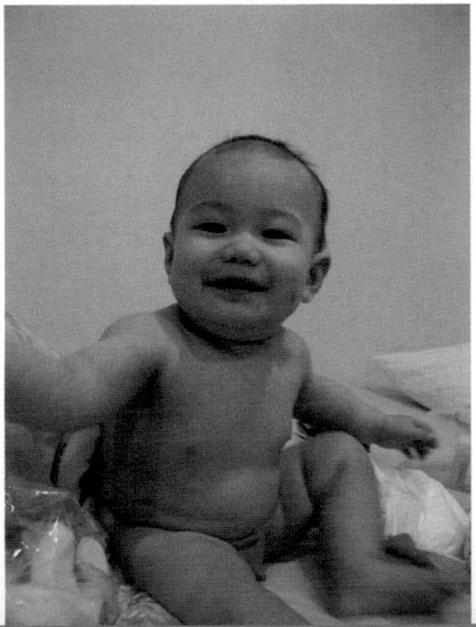

Chapter 02

好男人真命苦：幸福、喜悅與災難的起點

歷史性的一刻
我要當爸爸了！

真的要開始了嗎？

2002年5月29日晚上，我們才剛結完婚不到一個月，瑾突然告訴我她「好像」懷孕了，當時她的表情……說真的，我看起來是有點……擔心（生小孩雖然是計畫中的事，可是一旦真的發生時，感覺是很複雜的，也或許瑾對於才27歲就當媽媽這件事，突然覺得好像真的太早了）。我心裡一半興奮，一半……不興奮，實在不知道該怎麼形容興奮之外的情緒和感覺，抽象一點來形容好了：就像還沒玩夠而暑假就快結束的開學心情。於是只好善加運用我的「戲」胞，表現出一副既冷靜又溫暖的樣子來安撫她：「明天一早我去買驗孕器就知道了，妳先睡覺。」就在那天晚上，我想了好多關於小孩和我的人生。

第二天，一大早起床我就去西藥房買驗孕器（我除了拍戲和唱KTV晚歸之外，難得一大早出現在我家附近的巷子裡），瑾拿著我剛買回來的驗孕器走進浴室，而我則故作輕鬆地在外頭等待。Puppy好像也感受到我們之間不尋常的氣氛而開始不安地走動著。終於，瑾拿著顯現出二條紅線的驗孕器走出浴室，問我兩條紅線代表什麼意思（我覺得她是明知故問），我努力地看著說明書說：「真的有了耶！」（「有了」這個詞用得有點老氣，我承認），接著我們互相擁抱。此刻，我只知道瑾除了高興之外，還有一種奇特的情緒，而我………「真的要開學了嗎？」「新的人生階段要開始了嗎？」「哇靠！我真的長大了耶！」「一個小生命即將要出現在我們的未來了。」「天啊！我要當爸爸了！」我的心就像P4的CPU一般，處理著一堆感覺。

「先不要跟別人說，我怕不準。」瑾難得謹慎地告訴我。

「當然！」我說。

然後她去上班，我到公共電視錄《水果冰淇淋》。

那天在公視的攝影棚，我穿著王大德的衣服（我在《水果冰淇淋》中飾演的角色）莫名地持續亢奮著。沒多久還是忍不住對身邊的人說：「我老婆懷孕了！」他們也超開心的！

「可是還不是很確定。」我再謹慎地補充。

此時我想起在2003年的某一天，聶雲打電話給我：

「Yo！Mother fucker（我和聶雲互相的暱稱），Judy（聶雲的老婆）『好像懷孕了。』」我聽到這消息超開心的。

「不過還沒進一步確定，我只有讓你和Tina（我們的經紀人）知道。」

「我不會講的，恭喜耶！媽的，很爽對不對!?」我比他更興奮地說。

生小孩這件事真的很奇妙，它會讓所有人在瞬間亢奮起來，呵呵～～！

晚上瑾回家告訴我她在診所（她上班的地方）又驗了一次，確定不會錯了。那天晚上，我們終於真正興奮地開始計畫著未來，我真的真的準備要當爸爸了。

王大德和拉小提琴的小丑玩偶（小那）。

懷孕初期可以出國嗎？

瑾懷孕之後要面對的第一件事是：她和我的家人原本早就計劃要去美國玩了。不過為了Baby的安全，我還是不計成本的說要取消，但是還沒有機會蜜月旅行的瑾卻很想去。因此，我問了陽明醫院的婦產科主任，也打電話給生過小孩的朋友，他們都表示「最好」不要，因為剛著床的受精卵是很脆弱的，在前三個月內不宜出遠門或從事劇烈運動，可是瑾還是堅持要去。生性體貼的我（體貼真的是我的優點，也是我要奉勸每一個Q爸爸一定要養成的優點）只好繼續尋找某一種能支持瑾出國的說法。

我打電話給宗北聯合診所的陳玉玲醫師，我想她生過小孩，也是小兒科和內科的醫生，又是我的親戚，應該會有比較中肯的說法。當她知道狀況後說：「以醫生的立場當然不建議，因為好幾個鐘頭的飛行時間、氣壓和時差的改變，對媽媽的身體一定會造成負擔，當然也有可能會影響到脆弱且需要穩定的受精卵。」接著她又說：「不過我以前懷孕的時候還不是照樣在醫院實習，整天在醫院上上下下、跑來跑去，狀況也都很好，所以瑾如果真的很想去，而且也有人照顧的話，應該沒問題的啦！」我想我能了解她是以一種並非站在醫生角度所給的建議，當然也是那種不背書保證的建議。當我把陳醫師的說法告訴瑾時，她說她要去，我也懂她想要去的那種心情，因此不管我心裡有多擔心，還是得學著信任她、體貼她。

瑾三個月大的肚子，現在看起來還真的蠻大的。

這是我老婆嗎—賀爾蒙搞的鬼

去美國之前，瑾開始出現一些懷孕的症狀，很幸運的是都很輕微，她沒有孕吐的狀況，也不會難過，但就是嗜睡，一直覺得累累的。當時我還在拍《名揚四海》、《麻辣高校生》、《嗨！上班女郎》、《舞動奇蹟》，以及不定期的《水果冰淇淋》和一些活動與腳本的工作，加上編導如果兒童劇團的大型兒童歌舞劇《流浪狗之歌》，因此根本沒辦法很細微地照顧她所有的狀況。我一直認為瑾很年輕，所以不會有太大的改變，卻沒有意識到懷孕期間賀爾蒙的改變是一直持續的，就算症狀輕微，也還是會出現一系列過程的整體大改變，直到瑾從美國回來，我才開始必須接受她像「變了個人」似的轉變。

我一直覺得瑾在懷孕過程中都沒有變胖，可是一看到以前的照片，忽然覺得「哇！真胖～～」！

瑾在美國幾乎沒玩到，不但時差沒調好，還天天睡覺、食慾變差，並且伴隨著一、二次反胃的感覺。對此，我們得到的結論是：懷孕初期最好還是不要出國或作任何習慣上的大改變。

回國後瑾和平常一樣繼續上班，我們的作息並沒有因為懷孕而改變，Puppy也依然和我們一起生活、一起睡覺。在家的時候，我們會一起看最愛的日本美食和綜藝節目以及Discovery系列的頻道，偶爾租些DVD回家。可是我突然發現自己的情緒很容易崩潰，簡單的說，就是比以前愛哭，不管是日本小學生30人31腳的比賽，還是動物星球頻道裡動物的誕生或死亡，甚至看球賽或UFC八角鐵網格鬥技比賽我都會哭。不是熱淚盈眶，而是兩行熱淚滑過臉龐的那種，和瑾完全一樣，只是瑾愛哭是超正常的事，我則是超異常。

直到看了Discovery「妊娠面面觀」系列節目之後，我才了解原來在老婆懷孕初期的丈夫也會產生和孕婦一樣的症狀，稱為「假孕現象」，準爸爸除了會像準媽媽一樣易受感動、心思變敏感之外，較嚴重時還有些準爸爸人也會發生「孕吐」，讓我不禁讚嘆起上帝造人的奧妙。總之，不論醫學上如何解釋，我覺得在老婆懷孕的期間，男人若能變得更細心、敏感，不就更能體貼老婆和肚子裡的寶寶嗎？不過，我的改變也僅止於此，瑾的改變可就厲害囉！原本食量不大的她，開始大量進食；原本不吃甜食的她，開始拋棄鹹的食物，只吃蛋糕、冰淇淋；原本就熱愛睡眠的她，睡得更多、更深；原本愛哭的她，當然更愛哭；最糟的是，原本樂觀的不得了的她，竟然開始變得有點歇斯底里、容易生氣。我知道她的賀爾蒙不一樣了，身體在變化了，就像狼人碰到滿月一樣，可是這個滿月卻會持續十個月。身為體貼的丈夫，千萬不要想盡辦法消滅這個曾經是親密伴侶的狼人，所謂「知己知彼，百戰百勝」，我們一定要去瞭解她們各個時期的變化與不適，才能陪伴她們而不致受到傷害，並且想辦法溫柔地陪著這個狼人慢慢重新變回你的親密伴侶。

懷孕期間，請各位體貼的老公一定要常常帶老婆出去走走曬曬太陽喔！

懷孕期間的症狀

瑾的懷孕初期狀況可是好的不得了，不但沒有孕吐，也很少發生其他不舒服的症狀，可是就我所聽到別人的懷孕經驗，可都沒那麼好了：

1.噁心、嘔吐：

可吃些酸的食物或增加葡萄糖的攝取，不妨在家裡放些餅乾之類的零食，但要小心不要吃太多。還要確定自己聞到什麼味道會噁心，並且盡量避免，我發現孕婦在懷孕初期的嗅覺會變得非常靈敏，像陸地上的狗或海裡的鯊魚。為了避免血糖降低引起的噁心不舒服，在懷孕期間的飲食每一餐間隔不要超過12小時，這段期間，熱愛吃的孕婦也可以有吃「一點點」宵夜的特權。若是症狀太嚴重，請即刻就醫，醫生一定會有讓老婆舒服一點的方法。

2.牙齦炎：

因為懷孕會讓口水的濃度變高，也會改變口水的酸鹼值，這些都會造成牙齦出血的狀況或漲痛的不舒服感，可以多補充維生素C和水份，不過晚上要少喝水，另外牙刷可以用刷毛軟一點的。

3.便祕與痔瘡：

懷孕期間更要注意排便的狀況，一方面是懷孕期間的腸子蠕動功能變差，相對的消化與排洩狀況也會受影響。加上肚子越來越大，也會擠壓到消化系統並影響排便，多喝水，多吃蔬菜水果，多運動（或走動），如果問題還是無法解決的話，就要趕快找醫生，他們會有很好的解決辦法。

4.疲倦感：

一直感覺疲累是懷孕初期經常有的狀況，在此要特別提醒各位體貼的Q爸爸與Q媽媽身邊的親朋好友們，多體諒她們常常喊累的無奈，多幫她們一點，因為愉悅的心情更能減輕因新陳代謝過快而產生的疲倦感。

5.痙攣：

瑾懷孕過程中常發生腳抽筋的現象，這是因為孕婦血液循環變差，而且血液中的含磷量增加。我的方式是幫瑾按摩腿部的肌肉，除了加強血液循環之外，也讓她很清楚地接收到我的關心而心情更好。補充鈣質也很重要，白天的時候儘量找時間把腳墊高也會有所改善。

6.乳房疼痛：

從懷孕早期就會開始有這種敏感的腫痛情形，可以穿托覆性比較好的胸罩減輕這種不舒服的狀況，並避免接觸冷空氣或冷氣。

菜鳥爸爸血淚史

我常形容我的工作就像是時薪較高的勞工，因為我們必須持續工作才能有固定的收入，不像一些大老闆，幾通電話、幾個會議就可以賺錢，也不像上班族，有打卡就有月薪可以養家活口，所以一個藝人的忙碌常是一種榮耀和表徵，而就我當時不論是演過的偶像劇數量或是正在軋戲的數量來看，「偶像劇國王」及「偶像劇教父」的封號可是當之無愧呢！（雖然都沒辦法演偶像角色，呵呵～～），但這樣的忙碌卻也是令我心中隱隱發疼的小傷口。

《名揚四海》播出及拍攝過程中，我們都要配合宣傳活動南北奔波，雖然演員們已經熟悉地像是家人一樣，玩得很開心，可是瑾卻一個人大著肚子待在家。

曾經幾次，我拍戲拍到一回家立刻靠著枕頭睡著，卻在半夜三、四點的時候被輕微的啜泣聲驚醒。「怎麼啦！？瑾？」我緊張的清醒了過來，「身體不舒服嗎？」瑾抹著眼淚搖著頭，「還是我有哪裡做得不好的地方？」黑暗中的瑾依舊伴隨著啜泣聲搖著頭。那種哭法是會讓人心碎的，似乎壓抑著很多委屈，像一隻在雨天裡負傷躲在草叢中的小動物，你知道她不好受，也能感覺到她的疼痛，但卻完全不清楚她的狀況。而這樣的情況通常要持續半個小時左右才能知道她真正的心情，像是「我好想你，可是常看不到你。」「

我很需要你陪，可是不敢說。」「我今天在HBO看到一部好可憐的電影。」……然後她的心情會緩和在我們的擁抱中，可是下半夜換我靠著枕頭偷偷哭。我多想陪她、多想無憂無慮地在家裡、多想隨時能體貼和保護她的心情，可是不管怎麼想，我還是得從一大早拍戲拍到半夜回家，要不就是躁鬱地對著電腦和一個個KEY出來的新細明體劇本奮鬥，可是這些痛苦我沒有辦法也沒有資格說出來，因為我的肚子裡沒有一個正在長大的Baby，在未來的十個月裡，我也不會有越來越大的肚子和奇怪的身心變化，每一天每一天我只能開心、努力地工作，然後成熟堅強地面對瑾的脆弱。那陣子，我聽著好久不再聽的伍佰的《鋼鐵男子》在車上掉眼淚，原來要藏起所有的心事、不怕風雨，是件那麼痛苦的事；原來迎接一個小生命的誕生，不光只是開心地看著瑾的肚子一天天變大，然後聽著Baby的哭聲出現就結束了。

拍戲是既好玩又辛苦。像是在拍《名揚四海》一場醫院屋頂的戲時，當天氣溫連十度都不到，卻要淋雨演戲，演員們只好靠蔘茸酒暖身囉！

《流浪狗之歌》在國家劇院的演出。

結了婚的我更努力了，軋戲、拍戲還要帶著筆記型電腦寫劇本。

有一、兩次跟我的經紀人Tina提出不要再工作的事，結果當然是被好好地勸說了一頓，也有一、兩次跟瑾發了脾氣說：「如果我不這樣工作，寶寶以後怎麼辦!?」真不敢相信這樣的情緒化語言，會出自生活還算優渥的我的口中。不常把自己的軟弱表現出來的我，經過這樣的崩潰也讓瑾更了解彼此的狀況：其實在懷孕的過程中，還有一個說不定比媽媽更苦的男人正ㄍㄧㄥ在一旁等待崩潰。

對一個即將當爸爸的男人來說，一切的犧牲和委屈只是為了讓準媽媽不要擔心、難過、心情不好，在那段期間再也沒有什麼事比老婆的快樂更重要了，肚子裡的寶寶除了實質上的營養補充，更重要的是心靈的養成，當我們抱怨環境不好、工作不順、挫折太多、事事難如己願的時候，只有更加的樂觀和快樂才能讓世界更美好。

我的Q寶貝，只要你以後和媽媽一樣樂觀地用笑容來面對世界，就算再多的委屈、難過和孤單爸爸也承受得起，只是偶爾還是要准許我小小地崩潰一下。

不過，懷孕中老婆的笑容真的能抵過天下任何一件事。瑾懷孕過程中除了每天聽車隊朋友送的胎教音樂之外，我們覺得最棒的胎教就是快樂和幸福的生活，那真的比任何維他命或產品來得重要多了。

+01-05
《麻辣高校生》像是上班一樣，每個星期的週末固定拍攝。

麻辣高校生

+01-06
《嗨！上班女郎》的拍攝過程正是瑾最需要我陪伴的時期。

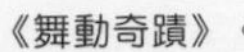
《舞動奇蹟》。

《紫色角落》。

準爸爸症候群

「懷孕」對大部分的夫妻來說都是喜悅的，然而在面對一個新生命加入所帶來現實層面的問題，以及準媽媽可能在懷孕期間面臨的狀況，對準爸爸來說是需要相當的心理調適的。有些準爸爸在這方面處理得很好，甚至不著痕跡，可是有些準爸爸可能會因此而出現心理、情緒失調的問題，進而影響到夫妻關係、家庭生活與工作。

準爸爸心理失調的可能症狀，可以從生理和心理兩個層面的表現，來觀察自己是否在心理出現失調的情況：

1.生理上：

出現所謂的「假孕」現象，即很類似準媽媽的害喜現象。這大部分會發生在個人成熟度較低（年輕的居多），或是對準媽媽佔有慾特別強（精神分析稱作「婦女嫉妒（Woman Envy）」）的準爸爸身上。如果情況較嚴重，夫妻兩人可以同時向精神科醫師求診。

2.心理上：

心理上的表徵較常見的是「焦慮」或「憂鬱」，前者心情感受是莫名的「不安」，後者則是指嚴重的「失落感」。

造成準爸爸症候群的可能原因：

1.奉子女之命結婚，或是非預期中的懷孕，由於「一切都在計畫之外」，使得準爸爸打從心裡不情願新生命「打擾」兩人世界，或是不知如何迎接新生命。

2.準媽媽因併發症感到非常不適，或是有健康、安危上的顧慮，因而使得準爸爸「很有罪惡感」。

3.準媽媽長期在情緒上處於非常不穩定的狀態，使準爸爸覺得「自己怎麼做都不對」，而感到無所適從。

4.準爸爸工作壓力太大。

5.準爸爸有藥物或酒精成癮的習性。

6.夫妻兩人對於孩子出生後的照顧，例如：準媽媽是否要辭去工作回家擔任全職母親，或是要不要請菲傭，還是必須拜託父母等意見上的不合。

7.因孩子出世可能使經濟負擔加重的問題。

瘦媽媽，胖爸爸

我很愛吃（很多人一定會想：廢話，看身材就知道），雖然不是美食專家，倒也不致於為吃而吃，儘管如此，我卻也有另外一種專長，就是減肥。每個有減肥專長或嗜好的人，基本上一定要是愛美的。我常用「售後服務」的邏輯勸朋友減肥，否則原本交往前曼妙的身材，卻在交往後嚴重變形，想想看對方會有多悶啊！

在瑾懷孕那一陣子我連軋四、五部戲，以當時的工作量來說還真難胖起來，加上每天定時定量像吃飼料似的便當時間，身材還真維持得不錯，可是當一部戲接著一部戲殺青的過程中，我在家陪瑾的時間也增加了。

懷孕二、三個月之後的孕婦嗜好不多，只有吃，而且是那種吃不飽的吃法，我也是在那時候開始一點一滴地淪陷下去，成為專業的「陪吃」，不過那段時間是我吃得最爽的夢幻時光，不但自己吃一份，還吃老婆因為吃太多種類而吃不下的剩飯、剩菜和剩甜點及剩飲料，瑾有著非常特別的不易胖體質，而我有著極端不尋常的易胖體質，加上瑾是「一人吃，二人補」，我則是「吃兩份，一人補」，因此，我的肚圍永遠比瑾大二個月。

在懷孕這段期間，孕婦的愛吃是一種極度無法控制的慾望，曾經聽過不止一個朋友說過這樣的親身經歷：孕婦經常會在很奇怪的時間跟你點很特別的食物，比方，半夜三點「一定」要吃廣東炒麵或早上七點「一定」要吃牛排，如果作丈夫的稍有不從，那事情可就大條了，小則生氣，大則痛哭，幸好，瑾只是貪吃，基本作息都很正常，我還算滿幸運的。

不過在此要特別提醒三件事：

	懷孕1～3個月理想體重的增加	懷孕4~6個月理想體重的增加	懷孕7～9個月理想體重的增加	理想體重增加總計
孕前體重正常	1～2公斤	5公斤	5～6公斤	12～13公斤
孕前體重偏高	2～3公斤	6公斤	6～7公斤	14～16公斤
孕前體重偏低	1公斤	3公斤	3公斤	7公斤

1.注意這段暴食期間的體重控制，孕婦的過胖常會造成糖尿病，產後憂鬱（因為身材變形），胎兒過大不易生產等不好的症狀，所以無論如何，請各位體貼的丈夫們，充分發揮挨打耐罵及圓融處世的特質，強力協助孕婦控制體重，相信我，過程一定很不好受，可是想開一點，寧可痛苦十個月，也不要生完小孩後一直痛苦，然後還要花錢給老婆去減肥。準媽媽在懷孕期間，總會聽到婆婆媽媽說：「懷孕了，要記得多補一補，現在可是一人吃兩人補，多吃一點，千萬不要怕胖。」其實準媽媽在飲食上只要把握住五大類食物均衡攝取即可，對飲食應秉持「重質不重量」的原則。

2.不要跟著孕婦一起吃，否則「售後服務」一定會破功，到時只好跟著老婆一起產前、產後憂鬱症了。一般孕婦的體重增加有一定的標準，一定要嚴格遵守。懷孕初期大該只能增加1～2公斤，懷孕中、末期各增加5公斤左右（懷孕中期之後，平均每個月增加1.5公斤，平均每週增加0.5公斤）。其實飲食的量不需要增加太多，而醣類易胖，因此像是麵包、糕點、餅乾及過甜的水果，都不適合吃得過多，如此才能確保孕期體重不致於過重，產後恢復也比較容易。

3.東方女性的個子小，寶寶最好不要太大，最好要控制寶寶的體重，生產時的狀況才不會太多。其實寶寶在母親肚子裡不用太大，等生出來後再慢慢養大會比較好，而且一般的寶寶即使出生時

體重較輕（指懷孕週數正常，寶寶體重在2500～3000公克），也會在出生後3～4個月，達到其應有的體重。

4.營養攝取很重要，Baby在肚子裡漸漸成形的每一個階段都有特別需要的營養，其中又以鈣質和鐵質最為重要。均衡的飲食就是最好的營養，千萬不要偏食喔！大量的蔬菜水果更讚！

準媽媽需要補充的營養素有：

(1) 蛋白質：懷孕期間孕婦可多補充20％的蛋白質，多吃魚類、肉類、牛奶（或奶粉）都是不錯的選擇。

(2) 葉酸：國人的飲食習慣中，葉酸的攝取量並不足夠，若想由一般食物中獲得，需要攝取的量非常的多，建議可以每天補充一顆0.4毫克的葉酸錠劑或有額外添加葉酸的媽媽奶粉。建議懷孕前1個月到懷孕後的前3個月，都額外補充。

(3) 魚油：DHA和EPA能幫助胎兒的腦部發育，所以若能每天吃一大塊的魚，補充的量就算足夠。但是建議魚油要從懷孕開始補充，而在懷孕36週後停止補充，因為魚油中EPA成份高，可以預防心臟病，但是卻會導致血液凝結不佳，生產時容易引發出血狀況，血液凝結功能差，恐怕會有大出血的危險。

(4) 鈣：俗語說：「生一個孩子，掉一顆牙」，或是生過孩子的媽媽，日後容易有骨質疏鬆症的問題，其實這些都是無稽之談，鈣質的攝取只要和一般人相同即可，大約是每天約1公克的劑量（或2杯牛奶的量），若出現抽筋的症狀，排除是電解質不正常，或胎兒壓迫局部神經等問題時，才需要多額外補充鈣質。

(5) 鐵：鐵質是血液的主要成份，而血液是運送營養給胎兒的主要管道，胎兒發育的重要時期是在懷孕中、末期，所以建議在懷孕中、末期，在醫師指示下額外補充。

飲食不正常或常外食的孕婦，建議可以額外補充孕婦維他命，不過最好從懷孕中期再開始補充，因為孕婦綜合維他命中含有鐵劑，而鐵劑可能會讓孕吐的狀況更明顯，且會影響葉酸的吸收，故不建議懷孕前期即補充鐵劑。

Chapter 03

隔著肚皮的接觸

醫生仔細地用超音波尋找著寶貝兩腿之間的「寶貝」。終於…「劉先生，應該是男生。」我簡直高興得快飛起來了…

寶寶，你在媽媽肚子裡過得好不好？

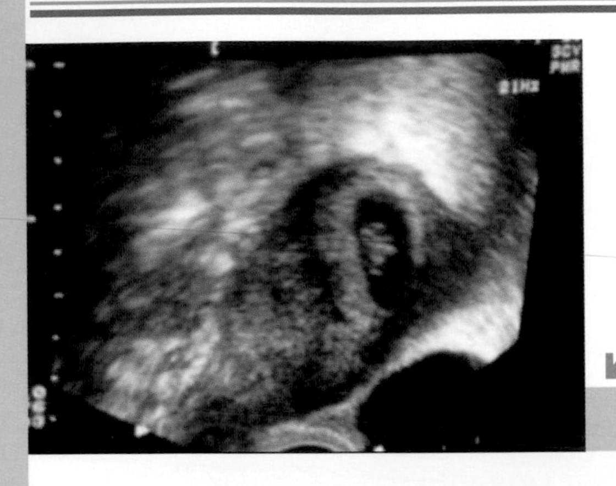

每個剛懷孕的父母，最好奇的莫過於肚子裡的寶寶長什麼樣。第一次到陽明醫院去確定寶寶狀況時，我們就看到了子宮裡那個奇妙的黑點點，也是我們和銓銓的第一次接觸。

銓銓就是從這裡開始長大的。

接下來每一次的產檢，我都是全副武裝（DV加數位攝影機）去拍攝整個過程，包括每一次的超音波畫面，甚至有幾次產檢不需要照超音波，我也會私下請醫生幫忙照，然後拍下來當紀念。就在我樂此不疲地作超音波時，當然也事先翻了一些資料來確定超音波對寶寶真的無害。基本上超音波的音波震動頻率與能量非常微小，而且沒有放射性，對寶寶完全無害，所以各位Q爸爸和Q媽媽可以完全放心。

我和瑾後來照超音波照上癮了，還曾經趁醫生照完離開時偷偷自己照，我們仔細地看銓銓從一個黑點點到骨骼慢慢發育，我們看到他的脊椎（好完整、好漂亮），看到小小的腦袋（圓圓的好可愛），看到他的四肢慢慢長成，每次的超音波都讓我們安心很多，因為我們很確定銓銓一切健康。

第二次產檢（大約三個月），醫生會用特殊的聽筒把寶寶的心跳聲播放出來，當角度對準之

產檢時間

懷孕週數	12週以前	12-28週	29-36週	37週-分娩
產檢	第一次檢查	每4-6週一次	每2週一次	每週一次

※產檢前幾次都要抽血，怕打針的孕婦要有心理準備※

後，寶寶的心臟就像蒸汽火車般以大約一秒二次的速度發出震耳的聲音（這個會發出像火車般隆隆聲音的小心臟，在超音波的顯現之下竟然只是一個薄膜包圍著兩片上下交錯擺動的瓣膜），當聲音充斥在診療室的時候我們都好感動，也更加確定這個小生命正以銳不可擋的氣勢，努力地在肚子裡長大。在第六次的產檢中，我們從超音波影像中看到銓銓跟我們揮手，甚至有一次看到銓銓轉過頭來看著我們。

在這十二次產檢的過程中，我們不斷經歷銓銓成長的喜悅，也努力K遍各種書（在此要特別謝謝虞小卉，她借我們很多非常有幫助的書），當然也經歷了各種可怕的假設和想像，那段時間只要我看到了關於肚子裡寶寶可能發生的各種不好的事，我就開始悲觀地想著「假如……」、「萬一……」、「如果……」等各種讓我瞎緊張的最壞假設；相反的，瑾以她一向樂觀的性格開心地孕育著寶寶，我的很多煩惱也在她的樂觀下變得一點都不重要，甚至有點可笑。這才發現懷孕中母親的堅強和男人的軟弱，但男人通常不會承認這一點，總是用過度神經質的謹慎試圖掩藏，所以各位Q爸爸，當你開始神經質地擔心這個、要求那個的時候，不妨安靜地看著挺著大肚子的老婆，你應該相信不會有人比她更清楚該怎麼保護好寶寶的。因此，若撇開因為懷孕而造成的不舒服，你親愛的老婆在那段期間的堅強，或許會比你更像一家之主喔！

男生？女生？

第五個月左右可以由一般的超音波判斷Baby的性別，那一次的產檢每一個人都很緊張，雖然大家都說男生女生都好啦，可是我是「獨生子」耶！如果一直沒有生男生的話，就會從我身上少了一條可以綿延不絕的劉姓宗族，在現在也許會覺得這種延續後代子孫的想法有點過時，可是仔細想想如果從此以後世界上少了流著我們劉姓宗族血液的人，那會是件多麼淒涼的事啊！我承認我有點老套，可是我還是覺得這種想法很浪漫。

醫生在瑾的肚子上塗上厚厚的潤滑液，然後用超音波的鏡頭在肚皮上滑來滑去尋找Baby的身影，然後，監視器上經由掃描器的角度調整後，開始出現了Baby的手，醫生大致看了一下便很「專業」的說（也就是不帶任何感情）：「狀況良好。」

「那……是男生還是女生？」我擔心這種問題太ㄙㄨㄥˊ，所以不好意思地問。

「你們確定要知道嗎？」醫生這樣說，好像是有很多人不主動或拒絕先知道肚子裡寶寶的性別。

「我們當然要知道啊！」和我一樣不能理解這種邏輯的瑾大聲地要求著。

醫生仔細地用超音波尋找著寶貝兩腿之間的「寶貝」。終於……「劉先生，應該是男生。」

我高興得簡直快飛起來了，可是卻仍故作鎮靜地問：「看得到嗎？」

醫生這才仔細地分析起監視器裡的影像「兩腿中間突出來的就是寶寶的生殖器。」

哇！寶寶的生殖器！寶寶的生殖器！！寶寶的生殖器！！！……劉家即將再度出現一個能在世界上「走跳」的男生了！

「可是在五個月左右性別的判定還不是百分之百，因為女生的生殖器在五個月的時候，也可能有微微突起。」醫生「專業」地說。

「啊!?」我心裡像是被瞬間冷凍般地大叫著。「可是他那邊真的突起來啦!?」

醫生繼續冷靜地Show出Baby兩腿間的突起「這是機率的問題，現在判斷大約六成是男生，可是……」

我沒等醫生話說完「可是我有看到他那邊有突起來啊!」

「如果你有看到的話，那表示機率會更高。」醫生繼續「專業」地說。

「什麼叫我有看到的話，你沒看到嗎!?那麼大一根……不，是『一點』，只要不是眼睛有問題都看得到啊！幹嘛把超音波這件事搞得這麼官僚！」

以上這些話當然沒從我嘴巴噴出來，因為就算再激動，我還是個很壓抑的男人。

「那……醫生你有看到吧？」

「這個……你們有看到就算有。」

「＃＊＋※！○＊＃＄…………」

我想我不能再質詢下去了，因為此時的談話邏輯已經走向「立法院風格」了，再逼問下去只會出現更大的音量和更多的肢體動作。

幾天之後，我在書上看到一些誤判的案例之後，我對王醫師的「專業」態度不再生氣，也慢慢能體諒他的專業語言模式，畢竟讓你晚一點高興總比高興錯了要好。

3D動態立體超音波：寶寶的真面目

我一直對看見肚子裡的銓銓有很大的好奇心，我指的是除了他的發育狀況外，我更想知道他的長相，於是在第八個月的時候，我們去照了動態立體（Live3DTM）超音波。

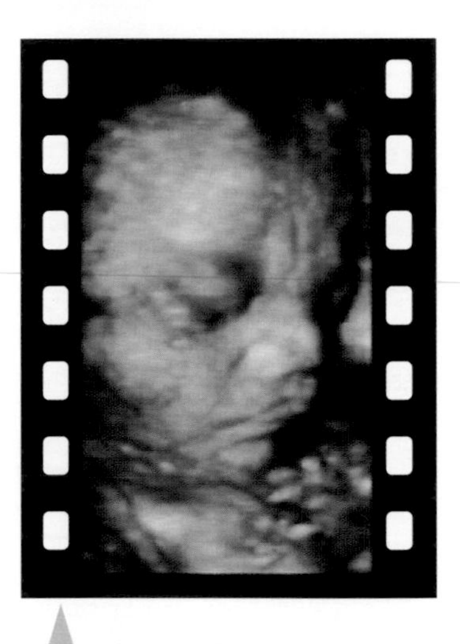

非常新奇且震撼的瞬間喔！我們竟然隔著肚皮看到銓銓了。

所謂的2D是指一般產檢時醫師常用的黑白灰階顯示的那種圖像，每位準媽媽應該都做過，也應該都看不太懂；而3D（立體超音波）則綜合許多2D的切面來顯現胎兒的立體影像，大家比較看得懂；而Live3DTM可以連續快速將胎兒的狀況呈現在準爸爸、媽媽面前，更讓準父母可以同步看到胎兒狀況。

以我一向謹慎的習慣，還是去查了一些資料，發現這個Live3DTM的超音波和2D、3D一樣，音波震動頻率與能量非常微小，而且沒有放射性，是一種很安全的臨床影像工具，對胎兒與媽媽都不會造成任何不良影響，這才確定它的安全性。一般是懷孕16至36週之間比較適合接受動態立體（Live3DTM）超音波，因為那個時候的寶寶發育才算完整，而且寶寶的大小也還沒有完全充滿子宮，所以寶寶有很多空間可以活動並方便拍攝，九個月以後的寶寶則大到充滿子宮，容易遮擋，不容易拍到寶寶的長相。不過最重要的還是需要寶寶的配合，給我們最佳姿勢與表情拍攝。我們第一次照動態立體超音波就特別選在寶寶每天活動最頻繁的下午時間去，可是那天銓銓很害羞，把頭縮到手臂裡，任憑我們怎麼搖動、呼喚他，他都不肯移動，最後只好留到下次再拍。（我個人認為這種再照一次的服務很體貼，畢竟誰能確定寶寶哪個時候願意接受拍攝呢？）

第二次我們隔了三個星期才去，可是狀況也不是很好，銓銓甚至用手抓著臍帶擋住臉，因為當時已經快九個月了，如果再等到下一次，只怕情況會更不好（因為寶寶更大，活動空間更小，更可能蜷起來看不到他的臉），那天我們只好不停地左右晃動銓銓，跟他隔「肚皮」喊話，終於銓銓很配合地讓我們的辛苦有了成果，肥嘟嘟的四肢，高高尖尖的鼻子和一雙大眼睛，這就是我們的心血結晶，最重要的是之前和王醫師一直爭執不休的兩腿之間的那個凸起，現在可是非常清楚而具體地出現在影像中。在銓銓誕生之前的一個多月，我幾乎每天看著隨身攜帶的這些3D影像，想像著生命之中多出一個寶貝的幸福。

後來我發現3D的胎兒掃瞄在很多家醫院都有，而且價錢比起以前要便宜得多喔！這樣清晰的掃瞄除了滿足大家提前看到肚子裡寶寶的好奇心之外，還可以在9～13週的時候藉由這項超音波掃瞄的技術，來做嬰兒頸部透明帶的檢查，確定寶寶是否罹患唐氏症，尤其是高齡產婦或是家族有唐氏症遺傳病史的人，更要注意。

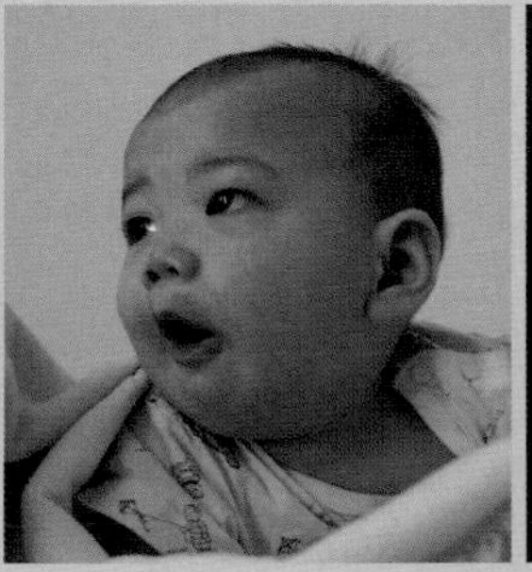
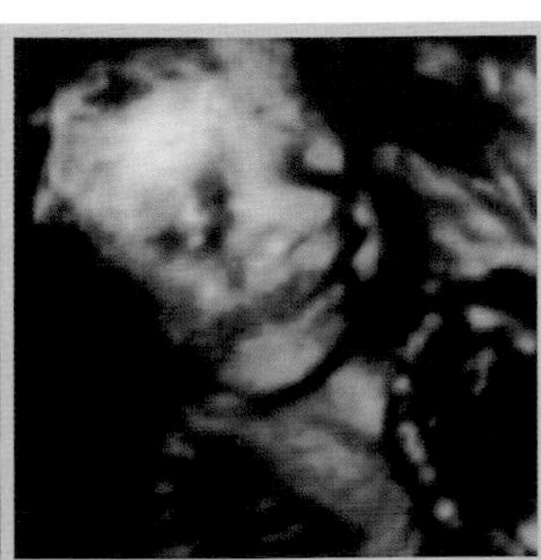
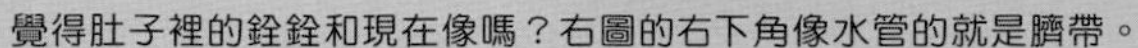
覺得肚子裡的銓銓和現在像嗎？右圖的右下角像水管的就是臍帶。

Q寶貝的第一次意外

有一陣子工作實在太忙太累，心情也跟著非常不健康，一直疑神疑鬼覺得這樣高壓的全天候工作會傷害我的健康。有一天，在拍《名揚四海》的時候，岳勳和小卉同時發現我手上多了好幾顆痣，他們異口同聲的表示，莫名的痣增加是癌症的前兆，嚇得我第二天就去找醫生，醫生說：「我碰過太多的癌症，他們通常在你最不經意的時候出現，一向讓人措手不及………」那一天，我很在意「措手不及」這句話。

瑾懷孕的五個多月，一直過得很自在的生活，沒有難受的懷孕症候群，沒有太嚴重的煩惱，時間非常幸福、輕柔地飄落在我們的生活周遭。2002年10月16日中午，《麻辣高校生》在復興南路上辦了一場記者會，正當一切都很愉快地進行時，瑾突然打來一通電話，說她發生了出血現象，現在正和媽媽趕往陽明醫院。

這是自從14歲父親過世後的另一個「晴天霹靂」，我很想笑著花個一、兩分鐘慢慢地消失在記者會上，可是真的沒辦法，只好在偷偷地跟演員們與製作人打了聲招呼後，火速趕往醫院。

我到的時候，瑾已經穿著醫院的衣服躺在病床上，圓圓的肚子上連接好幾條線到儀器上，儀器的指針規律地跳著，在紙上畫出一連串和我心情一樣的起伏曲線，肚子正中央用一條粗的子母粘帶固定著一個監聽器，擴音設備傳來一陣陣令人稍微安心的寶寶心跳聲，瑾臉色蒼白地表示她很好、沒事。我想，她應該也嚇壞了吧！

正當我們兩人都顯現出無助、擔心的情緒時，媽媽反倒冷靜地在一旁注意著一些細微的瑣事，比起我們，媽媽對生命的那種從容實在比我們成熟太多了。

那天王醫師沒有班，所以由另一位女醫師負責處理瑾的狀況，只見她穿著手術服來回穿梭，據說她正準備替別的產婦接生，她很「專業」（也就是不帶太多讓你有更多假設的情緒）地表示：因為胎盤位置過低，所以產生出血現象，現在必須要監聽胎兒心跳聲半小時，並觀察那些起起伏伏的線條。至於我一直著急問的安全問題，她只說等該作的檢查結束後才能判斷，目前沒有什麼太大的狀況，然後便匆匆離去。

媽媽坐在病房外的椅子上等待，我站在冷冷的大廳，感受著從醫院外灑進來暖烘烘的陽光，心裡想著這五個多月來難以形容的幸福與喜悅，想著我們用盡從未有過的努力全心全意照顧的小生命，想著超音波裡的小身體，想著瑾此刻心情上與身體上的折磨，於是，我在盈滿在冷冽大廳裡的陽光中偷偷地哭了。

幸好那天的結果一切安好，只是當時面對還有四個多月的預產期，心裡多了很多謹慎，防止「措手不及」的狀況也成為日後生活的重心。

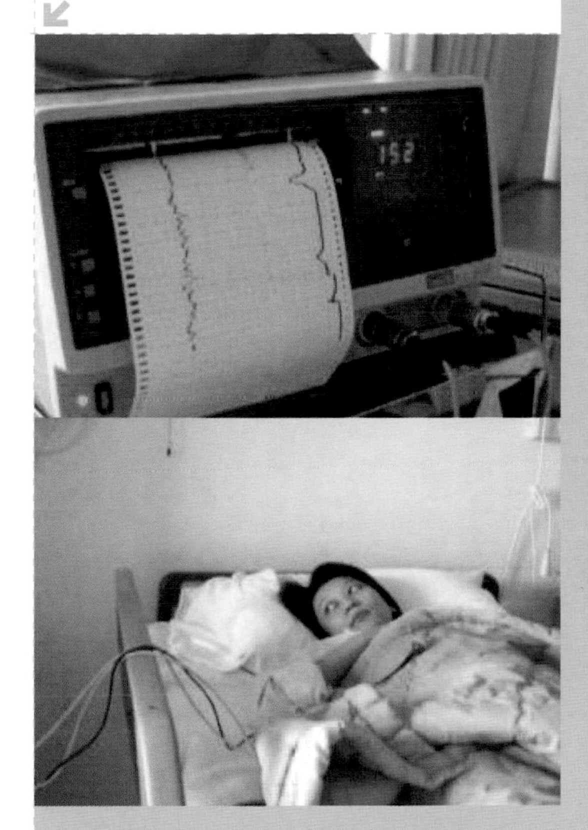

瑾懷孕過程中幾乎讓我崩潰的一次意外狀況。

Q媽媽陳瑾特別提出的幾個注意事項：

1. 隨時注意胎動（肚子裡寶寶的活動）。胎動很微妙，他會和媽媽有清楚的溝通，而胎動的時間大略會固定在每天的某個時候，也就是寶寶最活躍的時候，寶寶在肚子裡如果有任何不舒服的狀況，他也會用和平常不同的活動方式告知媽媽。所以孕婦一定要細心感覺寶寶的胎動狀況。

2. 宮縮（子宮收縮），也是必須非常注意的狀況，它會隨著越來越接近的預產期而增加頻率與強度（進了產房我才知道，原來陣痛就是最強烈的宮縮）。我和陳瑾生小孩前已經計畫好春天或夏初懷孕，這和星座無關，完全是考慮到季節，因為春天或夏初開始懷孕，肚子不會很大，可以舒服的度過夏天，到了冬天，肚子變大不方便行動，就可以常裹著衣服在家過冬。如果你也有同感的話，要特別提醒你，天氣越冷宮縮的強度也會越強（照陳瑾的說法，是肚子會更硬），所以一定要注意保暖。

3. 懷孕過程中若有任何異常一定要去看醫生，千萬不要忍耐，或有「再感覺一下」的念頭，拖延是會造成嚴重後果的。

4. 每個父母都會很關心肚子裡寶寶的狀況，有部份人甚至會過於神經質或是太過吹毛求疵，這樣不但會傷害生活的情趣，也對寶寶不好喔！建議大家只要依照醫院產檢的節奏，應該是不需要太擔心啦！

5. 懷孕期間像是出血、不正常的胎動與宮縮、嚴重偏食或暴飲暴食等都是不好的現象，如果有問題一定要找醫生或相關的醫院單位諮詢。

Chapter 04

產前
最後演練

在瑾懷孕的過程中，真的讓我對女性同胞有著深深的敬意與感動。所以敬請每一個男人，愛你的媽媽、愛你的老婆、愛你的女朋友，也要愛你身邊所有的女性，因為她們真的很辛苦。

體貼的老公最偉大

一般人要找出空檔做一些事其實再容易不過，只要事先安排，幾乎不會有什麼大問題，比方說：出國度假、陪老婆逛街、看醫生、約朋友吃飯……可是身為一個電視工作者，「事先安排」這種字眼卻是最難達成的。太太懷孕最需要有人陪伴，而產檢的過程更需要陪伴。我在瑾懷孕的十個月當中，為了達成產檢的全勤紀錄，只好和經紀公司持續地和每一齣戲的劇組奮戰，不管再困難、再辛苦，都只有一個目標：我一定要陪瑾完成每一次產檢。我覺得我很了不起，在四齣戲的通告夾縫中，我真的完成了這項壯舉。

但令我納悶的是：每次產檢時總是看到很多孕婦是形單影隻的。站在男人的立場，我當然可以理解工作的綑綁或者調整工作時間的困難，可是懷孕這件事不是經常發生或時常要配合的事，「體貼」真的是我們必須在這過程中努力學習的美德，同時也是建立幸福的重要基礎。大著肚子的太太們犧牲了自己生理和心理的平衡，來成就一個家庭的幸福與未來，如果她們受了95分的苦，付出了100分的犧牲，那我們這些可憐的男人自然也該多ㄍㄧㄥ一下，在每一項的積分都得多出個10分才行吧！

在瑾懷孕的過程中，真的讓我對女性同胞有著深深的敬意與感動。所以敬請每一個男人，愛你的

不妨找家人一起陪準媽媽去產檢，
大家順便還可以吃個飯、聊聊天。

媽媽、愛你的老婆、愛你的女朋友，也要愛你身邊所有的女性，因為她們真的很辛苦。

體貼的我在2003年的開始便陷入預產期的焦慮中：《名揚四海》從我結婚前一直拍到銓銓出生，同時間還有《嗨！上班女郎》、《麻辣高校生》、《舞動奇蹟》也都在如火如荼地拍攝中，每天的工作都讓我一直在擔心會不會趕不到醫院陪產？會不會當時正在外縣市拍戲趕不回來？會不會沒有人能送瑾到醫院？會不會……畢竟電視的工作真的不像一般上班的作息，它沒得請假、沒有太多你自主操控的時間。在2003年1月30日銓銓出生前，我陷入了這樣一連串假設性思考的焦慮中。在這段時間，家人、親戚與朋友扮演著很重要的角色，他們可以分擔你的煩惱和擔心，而在「懷孕演習」的計畫中，他們也可以成為你的後援部隊。因此在這段時間內，不要逞強、不要怕麻煩、不要不好意思，你一定要把你面臨的狀況讓身邊的人知道，也要讓懷孕的太太心裡沒有太多擔心與對你的過度依賴。

打針對很多人來說依舊是很恐怖的事，尤其是陳瑾，那天光抽血就把她嚇得臉色發白。

爸爸一定要去的媽媽教室

瑾懷孕的第一天我除了抱定決心要陪她去做每一次的產檢之外，我更篤定地要進產房陪產。在我把進產房陪產的想法告訴朋友時，他們便開始危言聳聽地說起許多可怕的故事，像是：看到血昏倒的老公、陪產完陽萎的丈夫、陪產過程衝出產房的先生……這些不管是老公、丈夫還是先生，每一個在故事中的男人都好慘，可是我在動搖了一下之後（我真的怕看到血），還是決定努力當個「鋼鐵男子」勇往直前。

陪產其實不難，除了勇敢之外，還有一件一定要做的事（否則就算你再勇敢醫生也不讓你進去），那就是－上媽媽教室。

每個離預產期一個月左右的Q媽媽都要去媽媽教室，而要陪產的Q爸爸也必須一起上課。2003年1月18日清晨七點，我陪著瑾到離家步行五分鐘的陽明醫院上媽媽教室，我們手牽著手難得地一早在天母走著，也順便吃了我們都很喜歡的「美而美漢堡」。到了現場，大約有20位媽媽坐在教室裡，令人覺得溫暖的是：每一位都有體貼的老公陪著。

課程的內容，大略是介紹一些生產前要注意的事項以及生產過程的狀況；最重要而有趣的就屬「拉梅茲」了。這套生產用的呼吸與用力方式真的非常重要，大家一定要很用心、努力地學習並熟練，這會讓生產過程更順利，

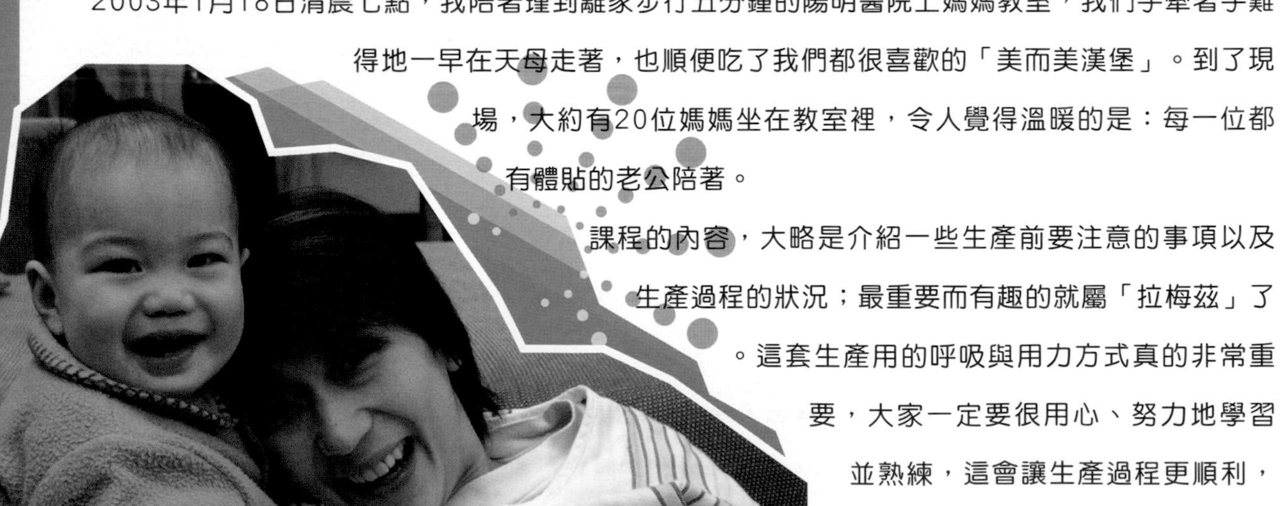

除了時間（產程）縮短之外疼痛也會減輕。「拉梅茲」需要丈夫陪著一起練習，身為勇敢丈夫的我們，更要在課程中學習和老婆培養出一致的節奏與默契，在生產過程中，相信我，你心愛的老婆只能專心承受一陣陣強烈的陣痛與尖叫，所有的指令都必須由你來掌握，都必須由你仔細一步一步地告訴她。

最後就是發問的時間，此時會有專業的護士及醫生回答所有提出的問題，那天我得到一個很革命性的觀念：據說所有剖腹產的孕婦都會因為脊椎打麻醉的關係，而造成長久性的腰酸背痛，但醫生卻表示這是錯誤觀念，因為麻醉施打的方式並不是直接打入脊椎，而是在骨膜（骨頭的表層），因此造成孕婦長期腰酸背痛的原因，大多是體重過重或懷孕期間姿勢不良所造成，基本上剖腹生產和無痛分娩並不會造成一般人觀念中的腰酸背痛。

媽媽教室的課程結束於產房的參觀，那天在育嬰室看到剛出生的寶寶，感動到淚水在眼睛裡打轉。護士還會介紹「母嬰同室」的服務，我個人建議大家一定要用「母嬰同室」，因為除了可以就近照顧寶寶之外，還可以趁住院的過程中，在專業護理人員的協助下，學習如何照顧自己和寶寶。說真的，那天我對陽明醫院的硬體設備還真有點不敢恭維，真的好舊、好簡陋，可是瑾生產後住在個人病房九天的過程中，倒是讓我更體會到「Don't judge people by appearance.」（不要以貌取人）這句國中學的英文的真意，醫院裡最重要的不是只講究裝潢美氣氛佳的硬體，而是體貼的醫護管理品質和熱心疼愛Baby的護理人員，他們會讓你生產完的那種沒安全感、焦慮以

及身體的不舒服，得到很好的解決方式，簡單來說，裝潢不會解決你太多不安，但是若有這些熱情的專業護理人員在身邊，反而會安心、堅強許多。

拉梅茲生產呼吸法

法國產科醫師拉梅茲有鑑於產婦在自然生產時必須忍受極大的痛苦，因此想尋求一種方法緩解產婦的痛苦。有一次，他偶然接觸到俄國行為心理學家史金納（Skinner）「刺激（S）／反應（R）」的制約理論，並以此理論為基礎，創了「拉梅茲生產呼吸法」（產痛／以呼吸放鬆肌肉）。緊張、害怕會使腎上腺素分泌升高、血液含氧量下降、肌肉緊繃，加深疼痛；相對的，疼痛會使血液中的含氧量下降，有可能造成胎兒缺氧。所以產婦若能事先了解自然生產的產程，學習藉由呼吸幫助肌肉放鬆的呼吸法，且持續練習，就像在心裡打了一支「預防針」。

一般而言，拉梅茲生產呼吸法包括：產前運動、神經肌肉控制運動、呼吸技巧等，有些醫院會補充按摩放鬆法，此方法主要是在自然生產的過程中使用，在陣痛來臨時，藉由呼吸法增加身體的含氧量，放鬆肌肉、減輕疼痛並轉移注意力。此外，面對產婦的劇烈陣痛，準爸爸在過程中要很鎮靜才行，清楚的唸出口訣、下達命令，才能順利渡過產程。

菜鳥父母最後要準備的清單

懷孕的過程中，一定要像演習一樣常常在腦袋裡模擬生產狀況，第一步就是在距離預產期二到一個月前，準備好一個要到醫院待產時可以拎著就走的包包，包包裡面的東西，只要照著以下的清單準備就行了：

★ 孕婦健康手冊。

★ 健保卡。

★ 夫妻二人的身份證、印章。

★ 孕婦換洗衣物：二、三套即可。

★ 紙褲：生產後因分泌物、血漬等可隨用隨丟的比較方便。

★ 衛生棉。

★ 護墊：預防傷口的血水滲出。

★ 盥洗用具。

★ 拖鞋

★ 寶寶出院的衣服。

★ 寶寶洗澡用的紗布衣：穿著進水可避免寶寶受風寒。

★ 嬰兒紙尿布。

這也是我們在書上發現的方法，披上紗布衣幫寶寶洗澡，寶寶真的會暖和很多。

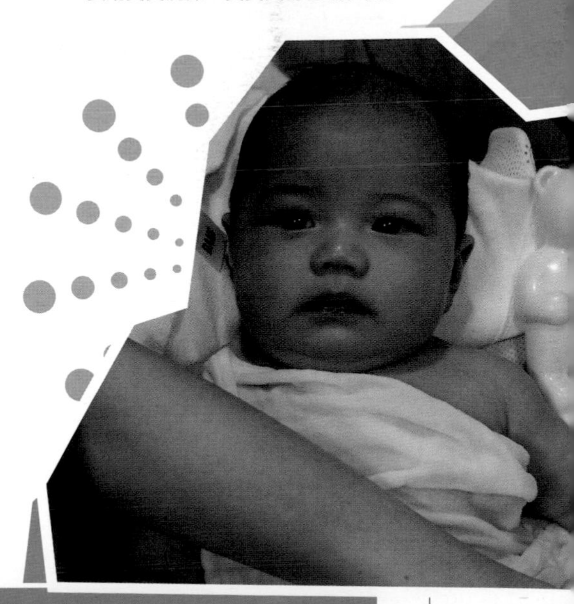

醫生給的預產期是一個清楚的日期，可是預產期有很多變數，有人說第一胎會早一點（約二個星期）；有人說高齡產婦會晚一點；也有人說懷孕還繼續工作的人也會提早……每一個說法其實都只傳達出一個觀念－預產期僅供參考，我們要把預產期當作設計「懷孕演習」時間表的基準，所以不要想著等你生下寶寶之後再去準備他的東西，因為生產完你根本沒有時間和體力去做這些事，不妨把採買寶寶的東西當成懷孕後期的運動，每次買一點回家，買之前一定要記得看完下面的採買清單喔！

★嬰兒紙尿布。

★嬰兒浴盆：坊間有很多樣式，我建議買一種有隔層的，洗起來安全又方便。

★嬰兒沐浴精。

★嬰兒潤膚乳。

★大浴巾數條：要吸水力強的喔！

★棉花棒：我覺得兩頭式的很好用，一頭是一般棉花棒，另一頭是有黏性的。

★新生兒的衣服：除非沒有朋友給才買，因為寶寶長很快，這些衣服一下子就不能穿了。

★帽子。

★手套：怕他抓傷自己。

★紗布衣：洗澡的時候穿著進水寶寶比較不會冷。

★體溫計。

★濕紙巾：分很多種：換尿布用、擦嘴巴和手腳用、消毒殺菌用，我是每一種都買啦！

★嬰兒床：也是建議接收別人舊的，聽說睡舊床、穿舊衣的小孩比較乖，試過後的確有用喔！呵呵！

★嬰兒床單。

★被子。

★枕頭：我是用有一種中間有個洞可以趴著睡的枕頭，不過寶寶剛開始趴著睡的時候，一定要注意他的呼吸有沒有阻礙，像是枕頭、棉被或太軟的床，爸爸、媽媽一定要多花幾天時間仔細觀察。

★嬰兒車：越輕越不穩，但重的帶著累，真是有一好沒兩好，我先買了一台重的，後來又買一台輕的，所以大家買之前最好考慮清楚。

★溢乳墊：一定要準備，否則母乳突然流出來可是會嚇壞人的，衣服都會濕透呢！

我強烈建議如果可以餵母奶就不要餵牛奶，除非你有不得已的狀況，比方說工作、體質等問題只能餵牛奶的話，那就還要加買下面的東西：

★嬰兒奶粉：要慎選喔！

★奶瓶：六大、三小。

★奶瓶消毒鍋：當然也可以省點錢、麻煩一點，用煮沸的方式消毒。

★奶瓶夾。

★洗奶瓶用的清潔劑。

★奶瓶刷。

★奶嘴刷。

大致上就是這些東西了，祝媽媽們SHOPPING快樂，爸爸們更是要付錢快樂喔！

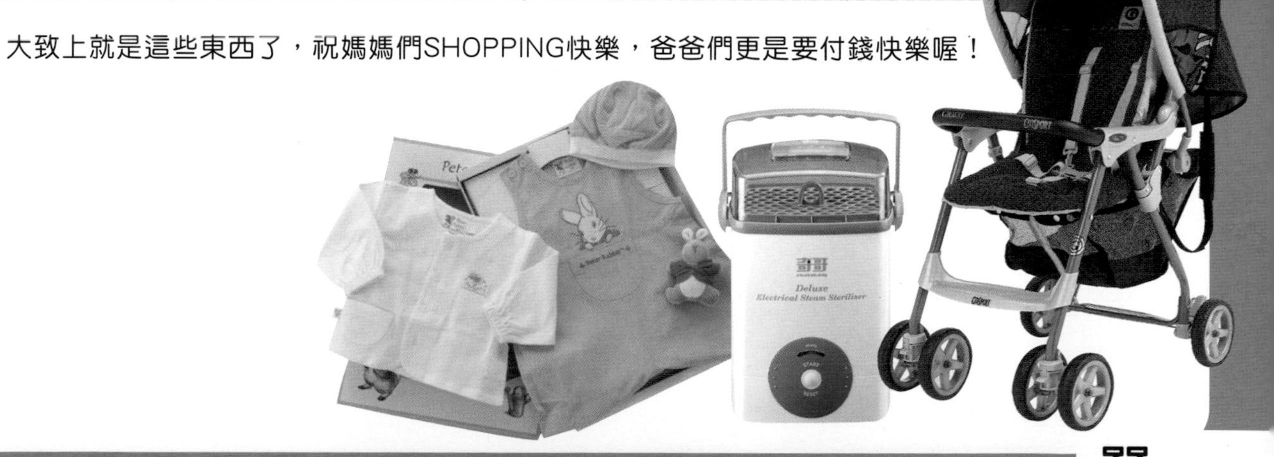

對我而言還有一樣很重要的東西－攝影器材，沒有它們，很多重要的時刻都將飄盪在時間的迷宮中。選擇攝影器材學問很大，就根據我目前使用的器材跟大家介紹囉！

DV（數位攝影機）：

Sony PC-3：家用DV的選擇，一定要以輕便小巧為主，不用想太多複雜、偉大的功能，最重要的是要方便使用，我這台DV是日本帶回來的，所以全是日文的說明與指示，我幾乎都看不懂（有點後悔），直到現在我會用的功能仍不到百分之一，但還是拍得不亦樂乎啦！因此建議大家要買你看得懂的語系的機器，如果手上已經有像我這種日文或看不懂的語系的介面，可以到博愛路一帶的數位攝影器材行問問看，有些是可以改成中文的喔！

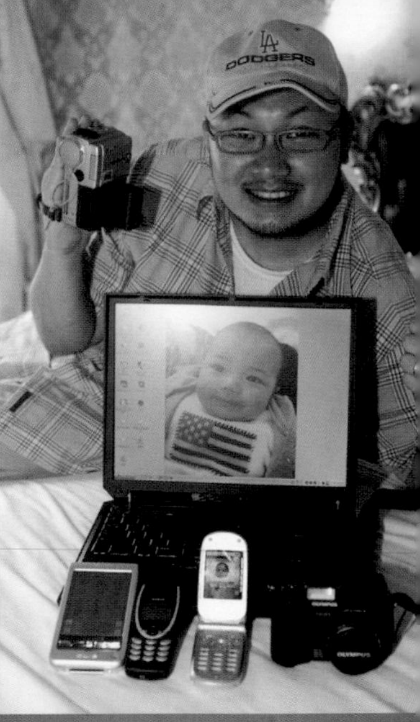

基本上，我是個對科技用品有狂熱的人。

相機：

1. Nikon FM2：我十多年前買的單眼底片相機，到現在還是好用極了，可是坐月子的時候拍了幾天就全部換成數位相機拍了。
2. Canon IXY300：200萬像素的小巧數位相機，銓銓滿月之前都是這台拍的。
3. Olympus5050Z：500萬像素的玩家級機種，功能很多，很好用，缺點是攜帶不方便，銓銓滿月後照片都是這台拍的。
4. Konica KD-420Z：400萬像素，更輕薄短小，還有三倍光學變焦，完全符合方便攜帶與超炫性能的組合，這台專門給陳瑾帶在身上，銓銓一歲一個月後的照片都是它拍的。

Chapter 05

3Q新世界

我看著瑾蒼白的嘴唇，
我似乎懂了，所謂犧牲這件事，
是必須有所割捨和委屈，
更重要的是愛。

風雨前的寧靜

2004年1月19日，我的經紀公司舉辦年終尾牙，我帶著瑾和快滿一歲的銓銓一同參加這一年一度的盛會。2003年變化很大，除了多了齊石傳播的第一個寶寶－銓銓之外，公司也多了好幾位優秀的藝人，而聶雲再七個月也要當爸爸了（齊石第二個寶寶）；那天晚上在喧鬧、勸酒、抽獎聲中，我回想起去年沒能參加的那場尾牙……

2003年1月28日，我因為要拍《名揚四海》只好忍痛沒去參加公司的尾牙，可是因為每年齊石的尾牙都太好玩了，所以喜歡熱鬧的瑾仍然挺著大肚子隻身前往（我可以放心的是因為公司所有人都像家人一般，非常體貼而細心）。當晚我拍到半夜一點多回家，一進家門，瑾睡眼惺忪地告訴我她今天抽到一個烤麵包機和一台電子琴（瑾一向很有偏財運），我們一邊聊著以後可以用烤麵包機幫銓銓準備早餐，也可以讓銓銓學彈電子琴……沒一會兒我就睡著了，因為第二天一早八點還要去五股拍戲。

1月29日早上七點多我正準備出門，瑾說她的肚子和後背有痛痛的感覺，我的直覺是應該要生了，因為前一天雖然有公司的人幫瑾把抽到的獎品搬上計程車，可是回到家，瑾還是一個人把電子琴和烤麵包機搬上五樓（舊家沒電梯），在這裡也要提醒孕婦們不要提重物爬上爬下，很容易造成早產，不過若想要生產順利的話，適當的爬樓梯運動可是很有幫助的喔！

那一天《名楊四海》五股棚內都是我的戲，岳勳也正在趕進度，可我還是硬著頭皮問瑾需不需要我請假？瑾說不用，她再感覺一下，有問題隨時會打電話告訴我。我很擔心地帶著一堆戲服出門。車才開到二重疏洪道，瑾來電說好像是要生的前兆，她會先洗澡，隨時準備去醫院（提醒大家，如果感覺到生產的前兆時，時間若許可的話趕快先洗澡，因為坐月子期間一整個月不能洗澡，所以洗澡這件事也是我們「懷孕演習」預演過的）。

一早到現場看著劇組的所有人包括岳勳都筋疲力盡地努力準備著，雖然不忍心，但我還是把這個狀況告訴大家。

「斗哥……，我想還是要先拍。」岳勳很不好意思地回答我。

「沒問題，可是……如果陳瑾隨時要生，我還是要趕回去喔！」我邊化妝邊提出這個要求。

岳勳皺著眉頭想了一下說：「OK。」

一早開始，我就陷入瘋狂打電話追蹤瑾的狀況的狀態中，一直到吃完晚飯，拍攝都順利進行著。晚飯後我還有三場戲，我趁劇組準備現場的時候又打了通電話回家，瑾剛睡醒躺在床上，她說今天晚上應該會生。我希望她馬上打電話給住在樓下的媽媽陪她到醫院待產，她說等她看完待會播出的《名揚四海》再去。我又急又好笑地答應她，隨即撥了通電話跟媽媽報告，媽媽要我放心。

八點二十分，第一場戲快拍完時，瑾來電說她忍不住了，要和媽媽去醫院待產，還跟我抱歉《名揚四海》沒看完，也要我等拍完戲再去醫院。可是我怎麼可能冒著錯過銓銓誕生的重要時刻繼續工作下去呢？電話一掛，我立刻跟岳勳說明狀況，所有人以最快的速度把那場戲拍完，然後我帶著全劇組的祝福，飛車前往陽明醫院，路上我打電話給妹妹、妹夫、表哥、岳父、岳母……只要想得到的人我都通知一輪。

產兆：規則的陣痛、破水、落紅。不少初次懷孕的準媽媽都會分不清假性陣痛及規則陣痛。真正的劇烈疼痛是在密集且規律的陣痛來臨時。

假性陣痛：1.生產前3～4週發生。2.無規則性。3.走動會改善疼痛的感覺。4.疼痛部位在下腹部、腹股溝。5.子宮頸沒有擴張。

規則陣痛：1.生產時開始發生。2.有規則性。3.疼痛感覺強烈，走動不會改善。4.疼痛部位在腹部、背部及尾骨處。5.子宮頸因宮縮而漸漸擴張。6.陣痛時，整個腹部變硬；陣痛結束時，漸漸變軟。

Q爸爸全副武裝上戰場

一到醫院停車場，我先把數位像機、DV準備好，一下車就拍。一路拍到五樓待產室。

「哇！你老婆好勇敢，開了六指才來。」待產室裡的護士長這樣告訴我，一旁的表哥和媽媽也笑著說瑾很勇敢，我強顏歡笑地看著躺在床上有點緊張的瑾，瑾說：「我也不知道已經開了六指，只是感覺好像開始陣痛了。」接下來親朋好友陸續到達，讓原本有點手足無措的我安心了不少。

在待產室中有兩件重要的事要作：先觀察子宮開的寬度，再來是作「拉梅茲」的練習，其他時間就只能經歷一次比一次強而久的陣痛。

陣痛的過程中，助產士會告訴瑾，如何呼吸，然後試著用力。我邊拿著DV和數位相機拍，邊抽空換上全套的手術服，為了讓瑾不要一直淪陷在那種疼痛與緊張中，我還跟她合照、聊天，分散她的注意力，可是「陣痛」只要一來，瑾也只能勉強地使用「拉梅茲」呼吸撐過那一次陣痛。使用「拉梅茲」呼吸法不但可以用固定的呼吸節奏轉移對疼痛的專注，更重要的是讓孕婦不要花太多不必要的力氣對抗陣痛，因為所有的體力要留在產房裡生小孩。如果陣痛來的時候叫出聲音，其實只會更痛，所以「拉梅茲」呼吸一定要熟練喔！我也很感謝發明此呼吸法的人，真是太神奇了！

過一會兒，助產士用手探入產道看看產道開的狀況，然後，我看到第一灘血……好大一灘！我那時很訝異自己的勇敢，我・沒・有・昏・倒！助產士說差不多了，要進產房了，那時已經十點多，也就是瑾進待產室一個多小時後（在待產室這一個多小時孕婦只能忍受一次一次的陣痛，瑾也在這過程中讓我見識到她真正的勇敢，她沒有喊叫，更沒有亂抓亂打）。

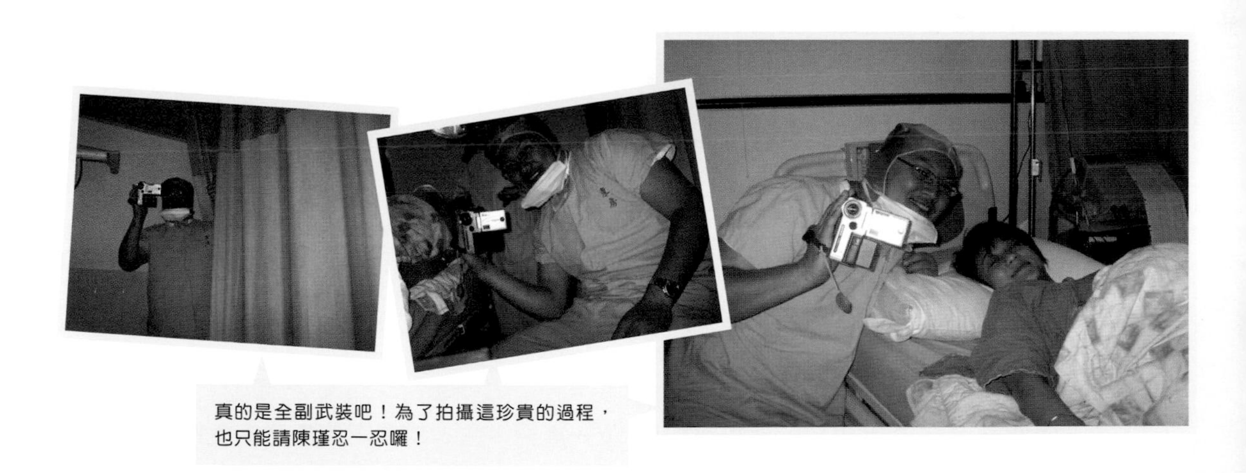

真的是全副武裝吧！為了拍攝這珍貴的過程，
也只能請陳瑾忍一忍囉！

Q寶貝問世

進產房的過程，只有我一個人能進去，所以我也不得不拎著相機和DV勇往直前。這才突然發現手術服沒有口袋，那我該怎麼一手拿DV拍，一手拿數位相機拍，然後再騰出一隻手給瑾握住呢？瞬間急中生智（其實滿笨的），我把數位相機塞到褲子裡面，然後一手DV，一手握著瑾的手在大家的加油聲中進了產房。

我心目中的產房應該是小小的空間，充滿一堆儀器，誰知進去後才發現，好大～～！大到可以跑步，而且是那種冰冰冷冷的感覺。當瑾被送上產台時，我又傻眼了：我一心一意要作全紀錄，可是瑾在那時又極需要我握著她的手和她說話，怎麼辦？那時我又急中生智（當然也很笨），我一手握著瑾的手，另一隻手把DV舉得又高又遠，像跳芭蕾一樣，這樣就可以拍到一個瑾的全身及完整的過程了，可是沒多久，我就必需用兩隻手安撫快叫出聲音的瑾了，助產士也要我全心陪瑾，提醒她呼吸和用力，我看看四周，發現一個可以定點拍攝的櫃子，便跑過去把DV放在上面，調好角度，按下REC，再跑回瑾身邊。

這時進行的是一有陣痛就要呼吸，並雙手抓住產台下方的把手用力把Baby推出來的工作。而我的任務就是在陣痛要開始時，跟著瑾一起呼吸讓她能跟著我的呼吸節奏，一起由鼻子吸氣嘴巴吐氣，然後在最痛的時候大喊：「用力！加油！再一次用力！加油！」，我相信那時候瑾一定是痛到搞不清楚狀況了，因為瑾很難不叫出聲而只呼吸和用力，可是只要她一叫出聲，那次陣痛過程中的努力就白費了。

而我一邊幫瑾加油，一邊想著如果DV一直拍下去，帶子不夠的話不就前功盡棄了嗎？於是我又想了一個笨方法（那時連我都搞不清狀況，只能想出一連串好像能解決問題的笨方法）：陣痛要開始的時候我跑去按REC，陣痛結束再關掉。兩、三次離開瑾身邊之後，瑾終於發了生產過程中唯一一次的脾氣：「不要再拍了啦！專心陪我就好了啦！」瑾叫著。我只好任DV一直錄影，然後專心地和瑾一起呼吸、一起用力。

過一會兒王醫師到了，我這才想到「對喔！我們的主治醫師一直沒出現過耶！」王醫師一到，先由助產士那邊了解一下狀況，然後戴上手套，坐到床尾的椅子上，當王醫師接手接生的工作後，我像是看到英雄！以前一直不太修邊幅而且太過專業（不帶感情說話）的王醫師，竟然像個大師一樣冷靜地指揮若定，不停地說話安撫瑾和我，然後拿出一些像是剪刀之類的東西，開始他純熟的接生動作，瑾那時尚處於忘記「拉梅茲」與正確用力方式的混亂中，說什麼她都沒辦法理解（我甚至覺得如果是我生的話，一定一下就出來了，因為我都知道她錯在哪裡）。王醫師見狀便告訴我們他要剪開產道，只聽見幾聲「喀嚓」聲，瑾也沒有痛的反應（果然和大家說的一樣，生產的疼痛大於任何痛），然後王醫師又處理了一下，只見羊水破開，流了一大堆綠色的液體，可是還不見小孩，瑾依舊在用力，可是已經有點虛脫了，王醫師鼓勵瑾繼續努力，否則有可能前功盡棄要改成剖腹產。我們一次又一次地配合陣痛用力，後來聽到王醫師說看到頭了，再加油，快出來了！當時我很好奇想去看，可是我們在「懷孕演習」中有溝通過，絕對不能到兩腿中間去看與拍攝（瑾是擔心我看了以後會有心理性的性功能障礙），於是我只能隨著王醫師說的狀況激動地鼓勵瑾用力、再用力（後來的陣痛幾乎是連續的，只能吸飽一口氣就用力，不斷的呼吸、用

力），瑾虛弱地像是哭著告訴我她不行了，我轉告王醫師「王醫師，陳瑾她不行了，她沒力氣了。」

「不可以，現在要用最後的力氣推，用力推，來，1、2、3，吸氣，用力……」王醫師冷靜下達指令。

二、三次後，我看到瑾的兩腿之間有個東西滑出來了，好大的一個寶寶出來了。「寶寶出來了，很好！」王醫師邊忙著處理寶寶邊說。

我後來看那段DV，才發現我用著像小孩的聲音激動地不停叫著：「瑾，寶寶出來了，好大哦！出來了，寶寶出來了！」

我到那時候心情才整個放鬆下來，趕緊跑去拿DV拍，也順便把數位相機從褲子裡拿出來（那時候相機已經掉到褲檔裡了）。

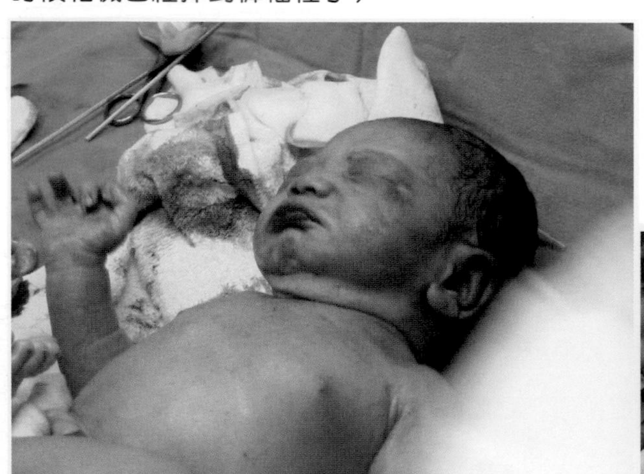

銓銓剛剛生出來的樣子，跟現在真是差了十萬八千里，有沒有看到他那一對超大的耳朵啊！

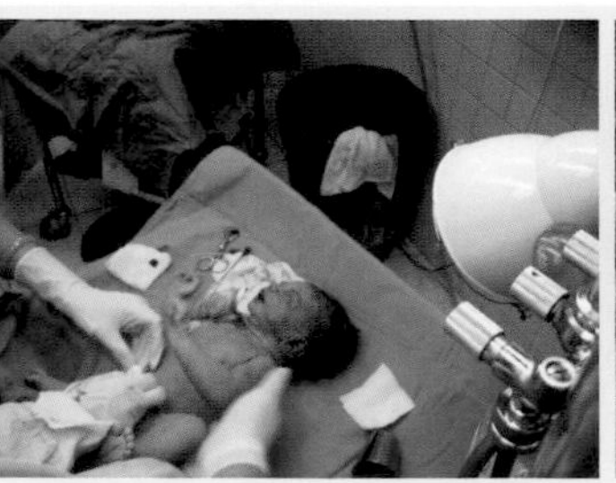

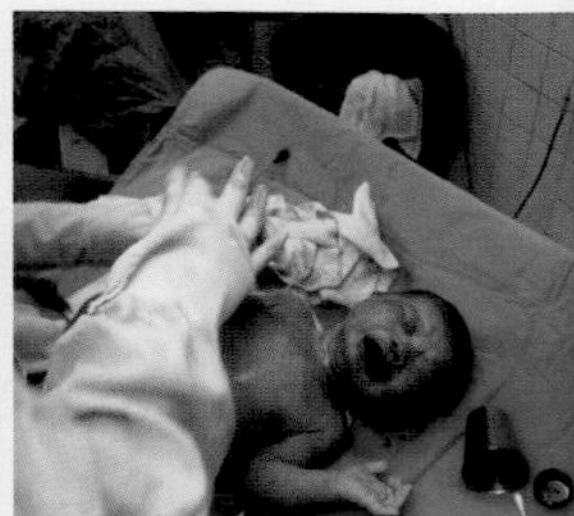

Q爸爸的眼淚

「麻煩叫小兒科醫師來。」王醫師把全身是黏液和血的銓銓交給助產士時這樣說道。

「為什麼要叫小兒科醫師？」我擔心地問著。

「因為寶寶有吸入胎便的狀況，要請小兒科醫生處理。」

我傻了一下「胎便!?吸入胎便？這是怎麼回事？」

我回過頭親著虛弱而蒼白的瑾，王醫生跟護士說：「ON兩支IR……」

「要打兩支點滴！？」（ON IR是我演《名揚四海》胖子醫生時學到的專業術語）我問王醫師為何要打點滴，王醫師說瑾用力過度有虛脫和失溫的現像，我這才發現瑾在發抖，而且眼睛虛弱地張不開。而那一堆綠綠的羊水，則是因為太多胎便而造成的異常顏色，我發現所有的情況好像不太對勁。

那時我右邊有小兒科醫師用像打氣機的東西在清理銓銓；左邊王醫師用全力在壓瑾的肚子，要把胎盤擠出來，我站在大大的產房內，感覺到一切事情都超過我的想像，好像全都失控了，我最愛的兩個人各自在和未知的狀況搏鬥著，我站在一旁把臉撇到一邊偷偷地哭了。

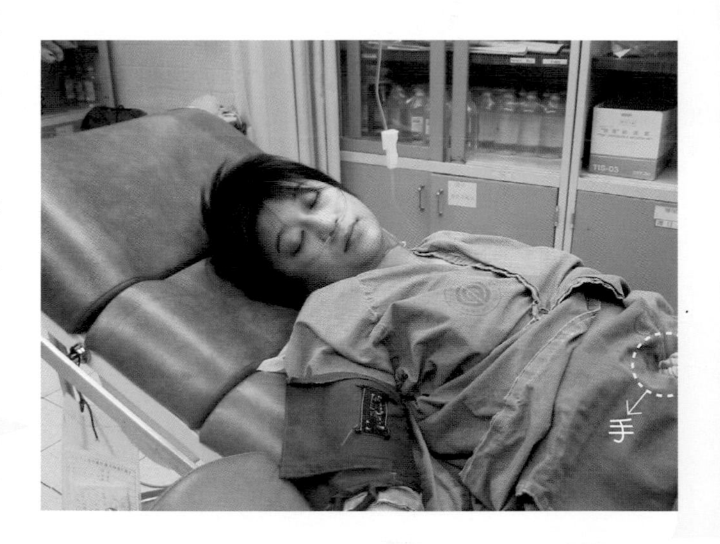

可憐的瑾虛弱到無法動彈，連意識都模糊了，右邊醫生的手正在幫她把胎盤擠出來。

「天啊！怎麼會這樣!? 寶寶沒事吧？瑾沒事吧？」

掉了幾滴眼淚後，我想我還是必須勇敢地去面對，便又到了瑾身邊安慰她、親親她，再轉身看著剛出生的銓銓，我仔細看著哇哇大哭的銓銓，我發現那個小孩有問題：他耳朵快大過臉，頭尖到一種畸形的程度，全身又扁又皺，發生什麼事了？小兒科醫生快速地把銓銓身上的血水、油油的液體仔細清掉，然後包起來推出去，我追上去問他吸入胎便嚴不嚴重？小兒科醫生匆匆地告訴我：「有40%的小孩都有這種狀況，要觀察一個晚上。」然後就推銓銓出去了。

「觀察!?」有問題才觀察耶！慘了！銓銓有問題！

瑾虛弱地叫著我：「寶寶還好嗎？」

「很好，沒問題，妳趕快休息。」我反射性地說了一個謊。

瑾狀況穩定了，胎盤也推出來了，我不想讓她擔心，當我和瑾一起出現在產房外，才發現已經快1點了，銓銓是在1月30日的凌晨12點30分生出來的。大家一湧而上，我看到有人泛著淚光，好像是我媽和瑾的媽媽吧！

到房間去之後，我要大家集合用相機的自動定時功能和瑾拍了一張團體照，然後就去問銓銓的狀況，醫生要我不要擔心，我衝口一句：「會不會有生命危險？」醫生「專業」地說，「一般要看寶寶吸入胎便的多寡還有肺部吸收的狀況，這需要觀察一個晚上。」唉！又是一個問號。

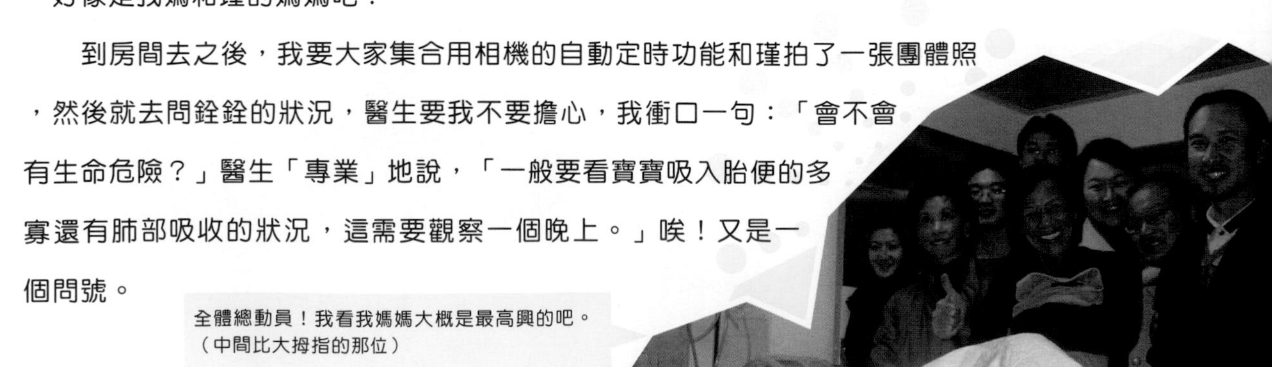

全體總動員！我看我媽媽大概是最高興的吧。（中間比大拇指的那位）

寶寶的第一個晚上

親朋好友與家人們解散之後，就留下我單獨照顧瑾，護士小姐常會進來問瑾的狀況，瑾身體已經稍微恢復，但還是虛弱地不太有力氣大聲說話，想想她從晚上九點多到半夜十二點多卯足全力把小孩擠出來，就算是我去生的話，也差不多該「鐵手、鐵腿」了。

看著熟睡的瑾，我想著關於「勇敢」這件事，從懷孕開始，女人們所要面對和承受的事，除了過程中荷爾蒙的變化讓整個人的性格翻來覆去，體重的變化讓自己開始笨重不美觀，產前產後憂鬱症的襲擊，到真正面對生產的緊張與略遜於一度燒傷的疼痛，讓我開始懷疑平常只會嫌女人笨手笨腳、沒用、過度依賴……的男人，應該如何重新評估性別的天秤，更不要說生產之後帶小孩的人生，那是一個連生活，甚至是生命都會改變的開始。我看著瑾蒼白的嘴唇，我似乎懂了，所謂犧牲這件事，是必須有所割捨和委屈，更重要的是愛。當你開始不願為某件事或某個人做出犧牲時，你應該要反省你對他們的愛是不是減少了。

+01
我們生命中第一次出現的全家福照片。

+02
多麼神奇的感覺，我的兒子耶！

沒多久瑾醒來後，問起寶寶的狀況，我告訴她關於胎便的事，她依舊很樂觀地表示不會有問題的，由於我們住的是單人的套房式病房，而且採行母嬰同室，也就是我們可以在不和別人同房的狀況下，依照我們的需要，選擇要不要讓寶寶一起在房間裡，你想看小孩，就可以請護士把小孩由育嬰室推到房間，如果你的寶寶哭了會吵到你睡覺，你也可以請護士再把寶寶推回育嬰室，當然一到固定的時間護士也會推寶寶出來喝奶。

雖然一大早就有戲劇通告，但我還是睡在病房的沙發上陪瑾過夜，半夜約三點左右銓銓被推進房間了，護士表示吸入胎便的狀況應該沒有大礙，她先把寶寶推到房間給我們看，如果希望寶寶回育嬰室的話再通知她。

我和瑾很仔細地看著這個滿臉紅通（經過產道擠壓而造成的）、皮膚皺巴巴、有著一對大耳朵的怪小孩，瑾一直說他好漂亮，可是當時我心裡真有一種「哇～」的感覺，「這個小東西好醜喔！」但我聰明的沒講出來。不過那天晚上倒是越看越順眼啦！

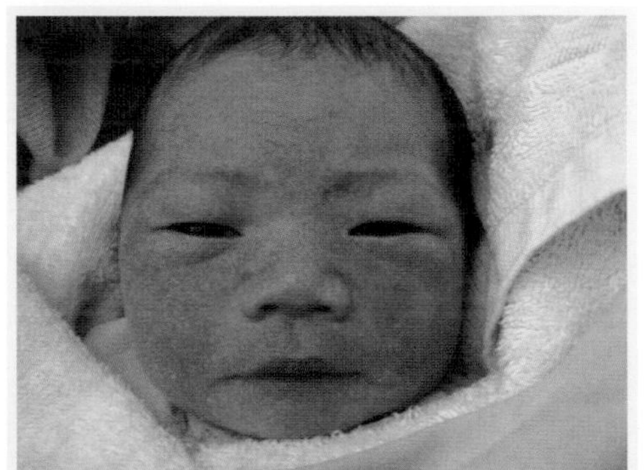

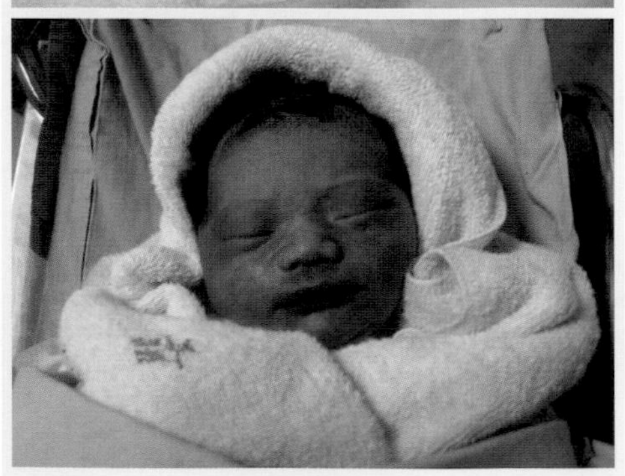

沒騙你們吧！真的很醜呢！寶寶出生後幾天會開始長出紅色一粒一粒的疹子，一般稱做「胎毒」，這不用擔心，它自己會消掉。

上帝的恩賜，萬能的母奶

和銓銓在一起的第一個晚上，對瑾來說是個很大的考驗，首先是餵母奶：該怎麼餵？餵多久？寶寶吃飽會反應嗎？真的有奶嗎？我站在一旁真是有點束手無策，唯一的用處大概就是在有問題的時候找護士過來，或幫忙微波每一頓坐月子的料理。

第二天除夕，整天陪瑾在病房，看著百看不厭的銓銓，發現越看越好看，長長大大的眼睛睜得亮晶晶的，似乎已經在仔細地看著這世界。不知道他那時看到一個長滿鬍子的爸爸有什麼感覺？雖然是過年期間，理所當然沒有什麼病患，可是護理人員24小時輪班倒也沒停過，我們很安心地在醫院裡看電視、吃東西、看雜誌。晚上則跟醫院請假回瑾家吃年夜飯（因為那天我的媽媽有點感冒怕傳染給瑾，所以這頓年夜飯也成為我和瑾家人吃的第一個年夜飯）。

還是趕回家吃年夜飯吧！

晚上九點多回到醫院可不得了，瑾開始漲奶，我也傻眼了，第一次見到漲奶能漲到胸部像打飽氣的躲避球！原本也準備有熱敷袋、吸乳器，可是怎麼樣就是擠不出來，瑾難受到哭出來，我趕緊找護士來幫忙。經驗豐富的護士阿姨直接用手擠，可是瑾痛到連碰都不能碰，護士阿姨只能說這是唯一的辦法，不然就打退奶針，以後寶寶就只能喝牛奶囉！此話一出，只好咬牙忍痛，擠了半天，稍稍好轉，但是半夜又開始漲奶，又是痛到瑾一直哭，這樣漲奶的情形一直延續了好幾天，我們才開始知道怎麼和它和平相處。

母乳的分泌很有趣，它是依照需要量來生產的，比方寶寶每次都喝100c.c.，那就要一邊各餵50c.c.，只餵單邊，會造成沒有餵母乳的乳房奶水一直累積，若是每次每邊50c.c.這樣餵，基本上就會平衡奶水的輸出與製作。可惜一切狀況若能如預期中進行就好了，因為寶寶不見得會完全消耗完妳生產的奶水，沒喝完的奶水加上繼續製造定量的奶水就會造成漲奶的困擾。有些媽媽受不了，就用吸乳器把剩下的奶水擠光，這下身體一旦知道消耗量多於100c.c.，他就會繼續製造更多妳所需要的奶水，也就開始漲奶的惡性循環：寶寶吸奶、排除剩下的奶、漲奶、寶寶吸奶、排除剩下的奶、漲奶……，最好的方式是在初期時就要忍住漲奶的感覺，等到寶寶吸奶的次數與量確定後，再慢慢地調節。而我們採用的方式則是買保存母乳的密封袋（100c.c.的包裝大小），每次把多餘的母乳存起來（用冷凍的方式可以存3~6個月），這樣一來不但可以減輕漲奶的痛苦，也可以把最營養的初乳保留下來，以備不時之需。

大家不要懷疑喔！寶寶剛出生到三個月左右，你們一定會和照片的我們看起來一樣累。

電動吸乳器的選擇，也是一門課題，在瑾懷孕期間，就有朋友送了一個輕便的電動吸乳器，可是使用起來卻不甚方便，效果也不好，而醫院提供的那架機器（真的滿大的）雖然不方便攜帶，卻非常實用，從出院一直到銓銓四個月大的期間，我們都一直使用這台機器，記得買一台要四萬多元，但是可以用租的方式，一個月一千多元。瑾雖然瘦小，可是母乳產量卻很高（我常開玩笑地要瑾去牧場上班，哈哈～～），這幾個月期間用這台機器大約生產了七、八千c.c.的母乳，我們全數冷凍保藏，整整一個冷凍庫，裝滿一袋袋的母乳，也解決了漲奶的問題，只可惜瑾的母乳產量根本用不到這些庫存，最後還是被銷毀了。

像瑾這樣健康並有著豐沛母乳的媽媽，雖然對寶寶身心發展都很好，但也是最容易發生乳腺阻塞，而造成乳腺發炎的高危險群。有一次就發生漲奶卻怎麼也擠不出來的狀況，瑾也因此而發燒，到醫院找醫生開藥，但是這些藥只能消炎、鎮痛，乳腺阻塞的狀況卻未見好轉。我突然想到安儀的母乳協會，於是先上網找了一堆關於

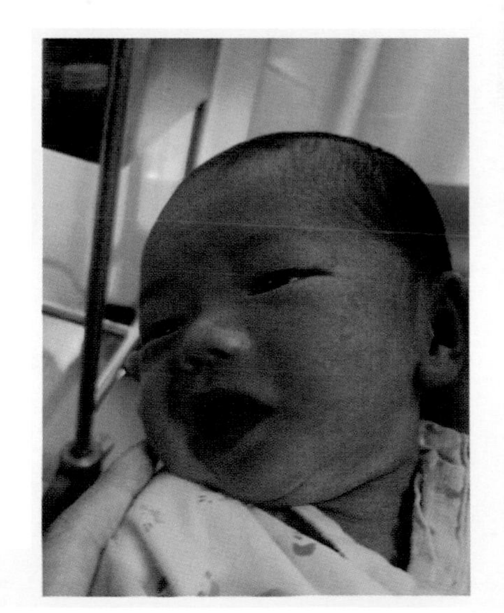

用食指輕碰寶寶的嘴邊，如果他張開嘴要吸吮你的指頭，就表示他餓囉！

乳腺阻塞的問題與解答，然後撥了電話給她，她提供了一個神奇的方式徹底解決了瑾的乳腺阻塞與漲奶的問題－橄欖球抱法的哺乳方式。就是在餵奶時，媽媽坐著，把寶寶夾在腋下，讓寶寶由乳房的側下方以仰著頭的方式吸奶，這樣可以把吸奶的力道轉到平常餵奶姿勢不易吸吮到的乳腺位置，就像打通任督二脈般，阻塞完全解除。

在這裡也要提醒Q爸爸們，老婆在餵奶的時候因為坐姿的關係，很容易傷到腰背的肌肉，所以請多準備一些靠墊、抱枕，並體貼地在餵奶時幫老婆墊在腰部與手肘，如果沒注意這一點，你親愛的老婆可是會產生很嚴重而且不舒服的慢性運動傷害喔！

在這裡又要再次強力建議大家「一定要餵母奶」，母奶的好處實在太多太多了，我想醫生一定也會強烈建議妳用母乳哺育妳的寶寶，但是在哺乳期間，媽媽們要避免食用刺激性的食物，如酒（做月子期間如食用摻有米酒的食物，記得煮到酒精揮發後再食用）、咖啡、茶、辛辣調味料、辣椒…等，還有會抑制乳汁分泌的韭菜、人蔘、麥芽等食物，而會危害寶寶健康的香菸、二手菸當然也更要避免囉！你也可以看一些關於母乳的書，在這裡我要介紹一個很棒的母乳網站---「台灣母乳協會」http://www.breastfeeding.org.tw/，建議大家可以上去看看，這是我一位記者朋友陳安儀負責的，安儀也是一位母乳運動的狂熱份子，她第一個小孩據說餵母奶餵到兩歲，除了寶寶身體好到不行之外，個性也很活潑，每次只要一碰到安儀，就有聊不完關於母乳的話題，她可是一位非常專業的母乳媽媽喔！

母乳的好處：

（1）母乳是最理想的嬰兒食品，尤其是初乳所含的抗體，免疫球蛋白，都可以增加寶寶的抵抗力，比較不會感染呼吸道及消化道的疾病。

（2）餵母乳可以減重喔！每一次餵母乳可以消耗500-1000卡的熱量。（我個人很羨慕，因為要我消耗500-1000卡熱量，得踩腳踏車40分鐘以上，可是餵母乳只要躺著就行了）

（3）餵母乳的過程可以增進母子間情感，讓寶寶的心理有更健全的發展。

（4）餵母乳可以幫助產後子宮的收縮，加速產後身體復原，還可以減少罹患乳癌的機會，更神奇的是，餵母乳的時間不會有生理期，想避孕的人就更方便了。

（5）餵母乳超方便，因為身上只要隨身攜帶二瓶充足的母奶，不用大包小包地帶著奶粉、奶瓶，還要每天消毒。

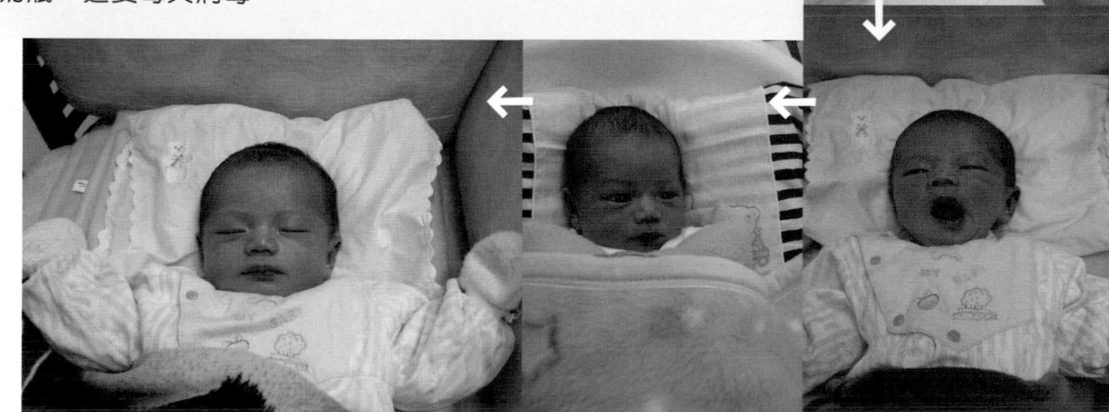

銓銓樣子的改變在醫院短短的幾天中是相當驚人的。

給老婆身體的第二春—坐月子

在我的朋友圈中，以瑾27歲的年齡而言，算是個年輕媽媽了，加上她的身體狀況非常好，所以整個懷孕到生產的過程都很順利，可是一直聽朋友說坐月子坐得好的話，女人的體質也會180度轉好，像是換了個身體，因此我很努力地尋找坐月子的方法。傳統方式當然就是連續一個月無止盡地吃麻油雞，可是我想應該有更好的吧！尤其現在市面上有那麼多的坐月子中心或坐月子料理，於是我在預產期的時候，又陷入瘋狂找坐月子資料的狀態（很慶幸大學及研究所時代那種折磨人的Research基本功我還練得不錯）。

首先我必須了解為什麼要坐月子？這點不難在整個懷孕的過程中看出來：原本美美瘦瘦的瑾可以在10個月中間胖了約12公斤（從45到57公斤）；肚子裡的寶寶也藉由臍帶和母親一同吸收營養，媽媽本身的營養如果補充不足，不僅孩子營養會不夠，媽媽本身的營養也會透支；子宮部份多了寶寶、胎盤、羊水等東西，漲了大約10多倍（原本約女生的拳頭大，後來會漲到籃球的大小）；長時間因為懷孕導致作息和以前不一樣，包括不容易入睡，情緒起伏大等等，最重要的是荷爾蒙的改變，這些狀況其實對媽媽的身體都算是一種「破壞」。如果以簡單的方式形容，我會說原本瑾身體是A，然後懷孕過程中變成B，生完小孩變成C，而坐月子的功能不但要讓她恢復到A，如果月子作得好的話還能讓媽媽的身體狀況變成A＋。

所謂隔行如隔山，縱使我努力找了一些可供參考並幫助我了解坐月子的資料，我還是沒辦法作出最有把握的判斷。正在困惑如何作選擇前（要岳母或媽媽執行坐月子任務），我的經紀公司傳來好消息，廣和坐月子料理公司和訊聯臍帶血公司願意贊助我們。

廣和的坐月子餐在瑾坐月子的過程中，每天早上五點就會送到醫院病房（後來回家坐月子之後就送到家裡了），而且一次都是五餐的量。這裡我就不詳述內容了，只是要跟大家分享，月子坐完後瑾的體重回到比懷孕前更瘦的43公斤，原本怕冷的體質也改變了，冬天不再手腳發冷（這點我很羨慕，因為我就是冬天手腳冰冷的人，超痛苦），更重要的是懷孕後的生理期疼痛再也沒出現過了（瑾餵母奶餵了八個月，所以她是生產後第十個月生理期才再來的）。這個結果讓我肯定了中國人坐月子的觀念，也肯定了廣和坐月子中心的飲食配搭，當然瑾在過程中的嚴格遵守各項規定更是重要。

月子期間嚴格遵守的事：

（1）避免接觸冷水。以往的說法是不能洗頭、洗澡，但是基於衛生觀念，現在的說法是可以洗頭啦！但是一定要在溫暖的地方吹乾（像是浴室或暖氣房），當然一定要用熱水，目的是要避免入風寒，陳瑾甚至用煮開的水調溫呢！有夠講究吧！

（2）在坐月子期間，如果妳是吃像廣和那樣的專業餐點，那只需「完完全全」依照他們的飲食來進行，若是吃自己家裡做的月子餐的話，那要千萬注意，不可吃生冷的食物或飲料，這可是大忌。

（3）剛生產完當然不便馬上過度地運動，但是要隨著自己的身體狀況開始活動哦！不要一直躺著，不然不但容易心煩氣躁，也容易發胖，更要小心的是生產後長時間仰臥會

造成子宮後傾。可以在身體狀況許可的情況下，爬爬樓梯或作些提肛及鍛練腹肌的運動。

（4）對於床上待不久的孕婦，要小心不可以站太久、蹲太久或提太重的東西，也就是說坐月子期間家事不要做太多，也不要做太粗重的工作，否則會引起尿失禁、漏尿或子宮脫垂的問題。（各位體貼的老公，這可是你們要注意的囉！就算你沒時間照顧，也要善盡與「家人」溝通協調的工作，避免發生公婆、妯娌與媳婦之間的問題）

（5）坐月子期間和懷孕期間一樣，一有身體上不舒服的情形，請盡快找醫生，不要拖，也不要亂吃藥。

（6.）良好的衛生習慣可以避免子宮感染。

（7）由於坐月子期間孕婦需要休息，各位興奮的爸爸，請不要得意忘形地一直帶朋友來看小孩或探望老婆，他們可不見得有力氣或心情見人呢！我就犯了這毛病被指正過。尤其是小寶寶，他的抵抗力很弱，最好也不要被太多人「輪抱」。

（8）我個人建議，如果經濟狀況許可，可以在醫院多住幾天，在醫院不但有很多專業護理人員可以24小時諮詢及解決各種問題，更可以讓老婆與小孩在完全不用擔心的環境中互相熟悉對方。

（9）飲食不要過量喔！坐月子的過程基本上是「飯來張口、茶來伸手」的生活，千萬不要太過享受而吃個不停，坐月子可也是減重的好時機喔！（陳瑾就是在坐月子期間，由生產後的48公斤掉到43公斤）

我一定要再次強烈地提醒大家，坐月子是女人身體狀況作調整的大好時機，請務必…一定…千萬…盡全力…用生命好好好好地把月子坐好。

+01
聶雲今年換你們囉！加油！

+02
如果沒記錯的話秋興應該是第一個來的朋友，他抱銓銓也是一貫秉持著他的謹慎態度。

+03 范瑞君。
+04 瑾的家人
+05 郎姐和她老公BOBBY，在此也要祝他們早生貴子，加油啊！
+06 銓銓的表哥、表姊。

+07
《名揚四海》在銓銓出生前後是拍得最慘烈的時期，所以這兩張照片裡的每一個人看起來都超累的，除了兩個小朋友之外。

+08
有一天我心血來潮把照片放大，突然發現銓銓竟然咧著嘴巴大笑，真是可愛，這也算是銓銓出生之後第一次笑。

科技新希望－保存臍帶血

我是個熱愛科技產品的人，舉凡最新的手機、電腦、數位相機、DV、PDA甚至家電產品，都是我花錢的主要項目，而懷孕和生小孩我也一貫保持「科學不迷信」的堅持，事事問醫生、處處找資料。當我開始關心懷孕這件事的時候，我就開始注意關於臍帶血的資訊，雖然臍帶血的儲存目前還有很多不同的聲音，但還是有很多成功治療的案例，臍帶血幹細胞可以替代骨髓移植、也可以利用幹細胞進行基因療法，更可以利用幹細胞進行複製療法，雖然這些名詞及細節不是我一下子能完全瞭解的，但是我相信科技的進步是持續的，尤其醫療科技或所謂的生物科技的進步更是具爆炸性，所以保存臍帶血對我而言有非常大的吸引力，除了以備家人的不時之需，據說還可以分享給有需要的人（當然要是體質相容的）。

Chapter 06

Q爸爸投入另一個新戰場

你並不會因為是一家之主就有什麼決定權，
有了小孩之後，
生活中一定會產生很革命性的改變，
而這才是開端……

不論怎麼吵、吵什麼，我們很清楚一切都是為了銓銓好，只希望他平安、快樂、健康。

宗教戰爭

我們全家都是受過洗的基督徒，而瑾的家庭卻信奉民間宗教，基本上我們兩家人都認為宗教是自由的，因此在信仰上並不會互相勉強。可是結婚、生小孩這種人生大事對基督徒來說，最棒的事就是作任何事都「無禁無忌」，可是在台灣，這些人生大事卻有著很多的禁忌與習俗。當我們跟雙方家長表示要結婚時，瑾的爸爸便希望日子還是要選一下，我基本上也配合，就像我說的，結婚要大家高興，男女主角的想法可以擺在一旁。於是瑾和我花了好幾天的時間拿著農民曆選日子，之所以選日子要花好幾天，是因為我的朋友有一大部份是劇場人，而劇團每年巡迴演出不斷，所以結婚的日子既要選適合婚嫁的好日子，還得避開所有演出時間；另外一個難度就是場地問題。幾天後終於有了答案：2003年5月1日勞動節（在此要跟綠光劇團的朋友們說聲抱歉，那天正是你們首演前一天，大家都在劇院彩排，很多人都不能到，這真是不得不的結果）。

然後瑾的爸爸也把我們的八字又拿去給人家算，結論是結婚當天沖屬虎的人，所以屬虎的人不能進洞房，我相信很多人都經歷過這樣的過程，可是我們的狀況是：我媽媽屬虎。當我聽到這消息時真的是腦袋一片空白，因為結婚這件事我媽簡直是興奮到手舞足蹈（大家試想一個36歲的獨子要結婚的媽媽的心情），可是現在算出來的結果如此，那該怎麼辦呢!?難不成親戚朋友來看我們的時候她一個人在門口？還是大家正鬧洞房鬧得開心的時候她先回家？瑾急得一直溝通任何可能性，我則是想盡辦法解決這個問題，當然瑾得不到任何可能的解決方式（又不能偷改我媽媽的出生年月日），此時，聰明的我想到一個天衣無縫的方式。我們在晶華酒店辦婚禮，身為晶華高層的妹妹當然盡全力幫忙，她幫我們的洞房準備在次於總統套房的「花園套房」（大約有二十多坪），而我的方法就是再租下「花園套房」旁的一般房間，把洞房設在那個小小的房間，基本上也不會有人想待在那裡，於是乎不管是屬什麼的人都可以開開心心地在「花園套房」進進出出、吃喝玩樂了。而我又以家人的快樂為前題，解決一件宗教問題，古人所謂「山不轉路轉，路不轉人轉」這個經驗大家可真要銘記在心。

懷了銓銓之後，類似的狀況也出現了，比方：孕婦不能拿剪刀，不能爬高等等，我都用「為了保護孕婦安全」的科學邏輯徹底執行。接著在銓銓出生後碰到取名字的問題，本來我和瑾都希望取單名，但是家人有意見，說三個字的名字是代表天、地、人三格，單名不好，可是我反問陳瑾不也是單名？他們的回答是女生比較沒關係（這可真又代表了中國人對男女觀念的不平等）。於是銓銓的生辰八字又拿去算了，算出了「劉子銘」這個名字，可是我和瑾都很不喜歡，但算命先生有個空間給我們：「只要名字中間的字三劃，第三個字是金字部六劃即可」，於是我們翻遍字典，三劃的字只有「子」比較好，而金字部六劃只有「銓」可以選了，於是銓銓的名字終於誕生。大家都很喜歡「劉子銓」這個名字，除了比算命先生的好之外，更比朋友亂取的「劉浪」、「劉農」、「劉湯」、「劉一手」、「劉鼻涕」、「劉口水」要好多了。可是我和瑾的宗教戰爭真正爆發在銓銓三個多月的時候。

某天晚上，我們因為銓銓連日的哭鬧，拖著疲憊的身心在回家的車上，瑾說：「我想拜『床母』耶！」

「『床母』是什麼東西？」我還真沒聽說過。「就是在床上的神，專門照顧小孩。」

「為什麼要拜她？」我問。

「因為我很多有小孩的朋友都有拜，都說很有效。」

「那是你的朋友，你要不要問一下我的朋友，他們不見得覺得有用。」我因為累，所以有點激動。

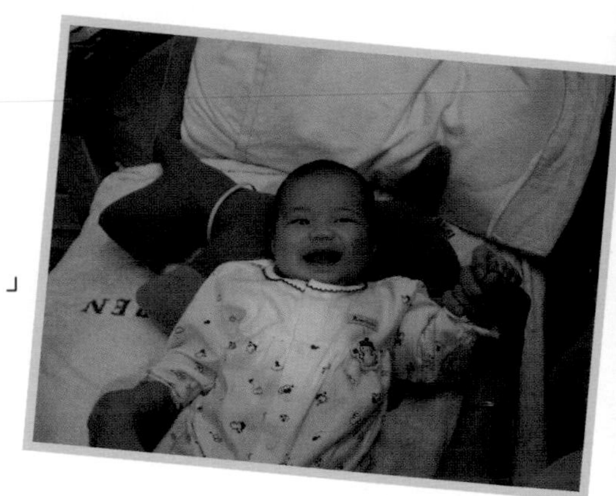

「可是我們試了很多方法都沒用啊！」瑾也急了。

「那可以問醫生啊！據我所知銓銓的狀況很平常，也不是最糟的，醫生一定有方法。」

「我問過了，醫生的說法就是銓銓長大一點就會改善。」

「那就好了啊！」

「可是我很累，我真的快受不了了。」

「有那麼嚴重嗎？」

「又不是你在照顧，你當然不嚴重，我真的快崩潰了。」瑾快哭了。

可是面對這次宗教的衝突，我真的不能再讓步了，而瑾的狀況似乎也讓我怎麼想轉都轉不出條路來。我們在車上沉默了好一會兒，銓銓則安靜地睡在嬰兒座椅上。

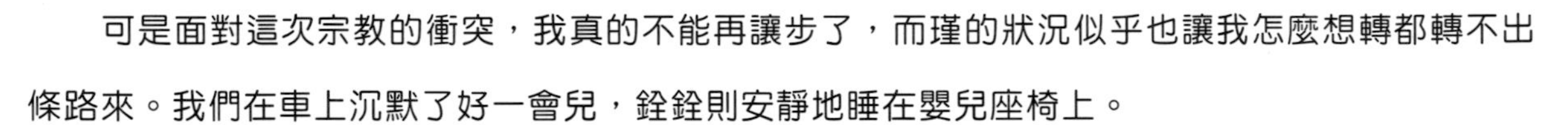

「瑾，」我很認真而誠懇地跟她說：「我可以用生命來保護妳和銓銓，如果妳受不了那我來帶小孩，還是我們請娘母，也可以看媽媽（我媽）或媽咪（瑾媽）可不可以幫妳帶……」

「我要自己帶，我不要別人帶銓銓！你為什麼不讓我試試看拜『床母』！」瑾哭了。

「我是基督徒，如果我讓妳拜床母，是不是就接受我們的家裡有『床母』這種東西！？是不是就表示我的小孩被一個我不知道的一種叫『床母』的東西影響！？可是我根本不相信也不接受這種東西存在！她是誰？是什麼東西？我家裡怎麼可能有這種東西！？」我也生氣了。

我們又沉默了一陣子，銓銓依舊安穩地睡著。

「求求你，就讓我拜一次嘛！我東西都準備好了，就這一次好不好？」瑾哀求著。

我簡直崩潰到連話都說不出來。好久好久我們都不出聲。

「你去問媽媽。」我試著再找一種方式溝通，可是卻很不負責任地推給我媽媽。「如果媽媽同意妳就做吧！」

「好，我去問，謝謝喔！」瑾鬆了一口氣。

「你先下車跟媽說，我去停車。」

等瑾下了車之後，我很認真地面對自己的宗教和上帝。

「親愛的主耶穌，請祢保佑這一切，讓聖靈保護我們，讓我有更大的智慧來解決這件事，把一切榮耀感謝都歸給祢，我這樣的禱告乃是奉主耶穌的名求，阿門。」

我想用禱告來讓自己不那麼激動，突然我想到秋興，我身邊最虔誠的基督徒朋友。

「喂！陳轟。」到現在我還是學《名揚四海》裡馬如風馬哥叫他劇中的名字。

「劉醫師，怎樣？」他到現在也還是叫我劇中的名字。

「我碰到一個很嚴重的問題，想聽聽你的想法。」

「你說。」

我把剛剛和瑾的事說了一遍。說完後我彷彿看到電話那頭秋興正皺著眉頭思考著，我知道秋興是個需要時間思考事情的人，我就在電話上等著他的回答。

「嗯……很難耶！」

「我知道啊！所以我才打電話給你。」

「我不知道耶！」秋興很為難地吐出這幾個字。

我想我要給他一些思考這個問題的線索。

「如果是你發生這件事，你會怎麼處理？」

「我喔……」電話那頭的秋興又開始思考了。

「我會讓陳瑾拜。」

雖然我沒有預設秋興的回答，可是他的答案讓我鬆了一口氣。

「可是你不覺得這跟我們的信仰有很大的衝突？」

「我想又不是我們拜，如果瑾會覺得安心，那就照她的希望去作，畢竟是她在照顧小孩。」

「我知道了。」我心裡有底了。

「不要心情不好喔！」秋興體貼地說。

「謝啦！」

我停好車回家，媽媽也要我體貼瑾，也表示沒關係啦！於是我只跟瑾說「妳拜的時候，我不要在場。然後以後也不要再用這種方式解決銓銓的問題，好嗎？」

「好！謝啦！」

我們的宗教戰爭至此算是告一段落，至今沒有再發生過類似的爭執。至於銓銓在拜過床母之後有乖一點嗎？我覺得「並沒有」，可是瑾說「好很多」。我想這個過程應該算是求個心安吧！

玫瑰疹－玫瑰般美麗的地獄

其實寶寶離開媽媽身體之後，強壯健康的程度超乎我們所想像，因為媽媽成人的抗體在寶寶出生三個月內都一直在他們身體保護他，據說那三個月的寶寶像「無敵鐵金鋼」。銓銓在那三個月內，連一丁點的病痛都沒有發生，可是也有一堆人警告我，三個月後媽媽在寶寶體內的抗體漸漸退去，這可是要很小心的，否則一下子就會生病。我就用一貫「聽壞不聽好」的悲觀哲學，仔仔細細地照顧銓銓，一切也都平平安安的，可是又聽說百分之八十的小孩會得「玫瑰疹」，我心想銓銓是特別的，他剛生出來在醫院的時候，也沒像百分之九十的小孩一樣發生黃疸啊！我深信好好照顧加上瑾的遺傳（我個人覺得瑾的身體狀況比我好很多），一定不會依照一般小寶寶的生病地圖發展。

當你看到寶寶難過的時候，你只會比他更難過。

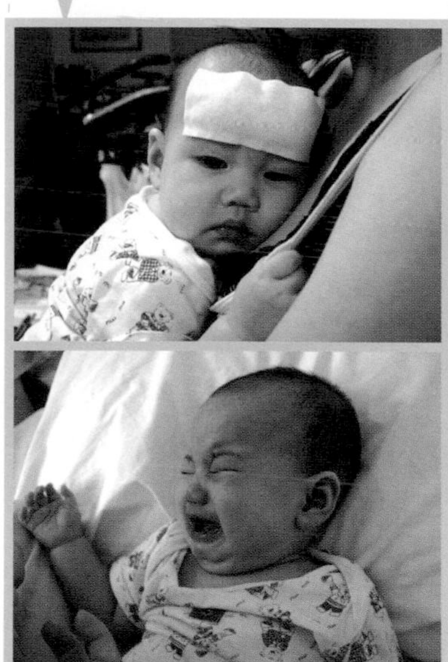

銓銓在我們精心且無微不至的照顧下平安地一天天長大，可是就在2003年7月29日（銓銓快六個月）銓銓突然開始哭鬧，而且樣子看起來無精打彩，常常睡醒還昏昏的，我們馬上帶去看醫生，結果果然是「玫瑰疹」。（因為剛開始沒看到玫瑰疹，本來以為是感冒，後來才知道退燒之

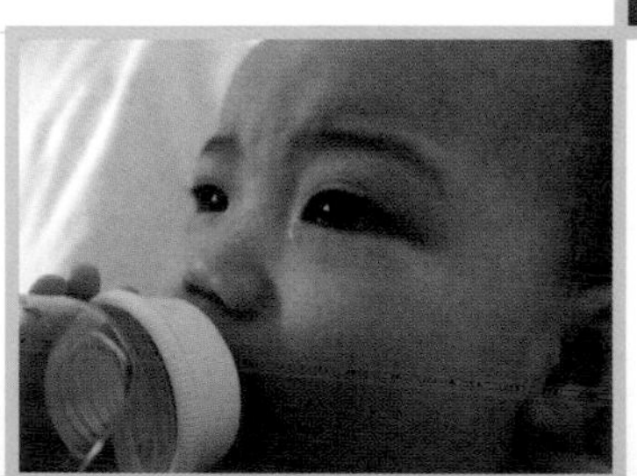

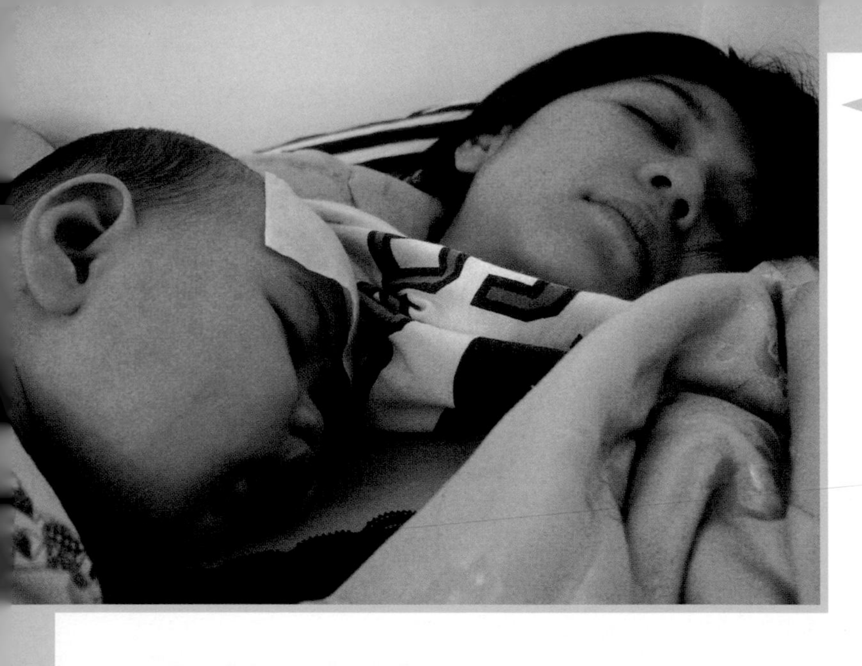

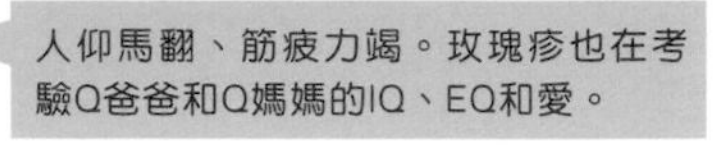

人仰馬翻、筋疲力竭。玫瑰疹也在考驗Q爸爸和Q媽媽的IQ、EQ和愛。

後才會開始起疹。）

從發現銓銓怪怪的狀況開始，銓銓就漸漸開始發燒了，而且寶寶的發燒很嚇人，因為他們的體溫高於大人，所以當醫生說「如果一整天都持續39℃，就給他吃退燒藥。」一整天39℃！？老天啊！那不就快燒壞了！更可怕的是，發燒會一直維持在39℃～40℃之間（聽說還有些寶寶會燒到41℃），對銓銓而言就是因難受而哭鬧，對我們則是人生第一次的煎熬，五個月前我才經歷過銓銓第一次打預防針大哭而差點淚灑醫院的經驗，而這次面對銓銓所受的折磨則要持續三天到一個星期，幾天下來瑾已經累到只要銓銓不哭就可以睡著的境界，而我只要工作一結束就飛奔回家，一起照顧這個可憐的小寶貝，不管多累，都一定在他身邊陪著他。

39℃～40℃的高燒就這麼持續了三天，而這三天之間我們也帶銓銓看了三次醫生，雖然每次醫生都要我們不要緊張，可是當你看到你的寶貝一直不舒服地嚎哭時，誰會不想馬上治好他，讓他不再難過。我想起媽媽小時候也曾多次在我不舒服的時候一臉愧疚地跟我說（台語）：「破病哪會替，我甘願替你破病，嘛不要看你甘苦。」那陣子我真的願意用幾年的壽命來換銓銓的無病無痛。我知道這些想法都很不實際，最實際的還是想辦法讓銓銓在發燒的過程中舒服一點。除了吃醫生開的退燒藥之外，冰枕和退燒貼片我們也試了，不過銓銓那個時候昏昏沉沉的，也不知道效果好不好，總而言之，整整燒了三天，一直到8月1日主角「玫瑰疹」出現後，我們才看到活潑愛笑的銓銓。

在這要提醒大家的是，不要以為寶寶六個月到一歲之間的發燒就是「玫瑰疹」哦！我就有朋友的寶寶得了「腸病毒」發燒而誤認為是「玫瑰疹」，因此差點導致嚴重的後果，所以一有發燒還是要先找醫生確認。

我一直強調我是個多慮且悲觀的男人，在銓銓得玫瑰疹之前，我對於和銓銓要一同度過的未來十分擔心，深怕意外、病痛等不願遇見的事發生，常常想著想著眉頭就皺了起來，可是經歷這場玫瑰疹後，我反而看開了，有些事既然要發生，他就會像病毒一樣四處亂竄、發作，與其一直皺著眉頭擔心受怕，不如把自己和寶寶都訓練得更堅強、更樂觀，要知道所有的意外和病痛，並不會因為你過得很幸福或身體很健康就對天發誓一輩子不去找你，但是這些我們最不想遇見的東西，卻會因為我們的樂觀、堅強和獨立，在不小心碰到的時候而大大減弱他們的殺傷力。所以當你努力在給孩子進補、吃維他命的同時，更要注意的是你和他是不是都有一顆健康、強壯的心，和對人生充滿熱情與樂觀的生命力。希望這個多數寶寶都會遇到的第一次病痛－「玫瑰疹」退去之後，所有經歷過的人的生命力都能像玫瑰一樣更旺盛、更熾焰地綻放開來。

銓銓在玫瑰疹那幾天真的是終日以淚洗面，不過當你看到紅色的玫瑰斑出現的時候，就表示要退燒了，也即將脫離地獄般的煎熬囉！

玫瑰疹

「玫瑰疹」一般發生於六個月至兩歲之間的寶寶，過程中除了發高燒時發生的躁動與疲倦之外，其他時間的活力還不錯，偶爾食慾不好、嘔吐或輕微腹瀉等症狀。在三至四天的發燒期過了之後，疹子通常會在二十四小時內出現，首先出現在頭部與上半身，一天之後蔓延至下半身及四肢，大約在二至三天內消失。這個時候疾病就接近尾聲，但還是有可能持續幾天的輕微腹瀉。

嬰兒玫瑰疹發病的過程算是良性，當疹子出現、發燒狀況解除時就可以停藥，如果情況需要的話，可以再服用一些腸胃藥。

有沒有「塞塞」真的很重要

ㄙㄞ ㄙㄞˋ

我和瑾把銓銓大便這件事稱之為「塞塞」（台語），這個說法既可愛又貼切，還可以讓銓銓耳濡目染地聽到些台語。

從銓銓出生開始，他每一天有沒有「塞塞」？「塞塞」幾次？「塞塞」的內容？「塞塞」的形狀？都成為我們每天生活中重要的事，剛開始我們經常為了銓銓沒有「塞塞」而到醫院掛號，可是當醫生知道銓銓喝母奶時，他只一直強調「喝母奶的小孩，幾乎任何狀況都是正常的。」他的意思是像「塞塞」的次數、喝奶及睡覺時間的改變等都是正常的，醫生也一直強調喝母奶是最自然與對寶寶最好的方式，只要寶寶冷熱照顧好，就不會有什麼問題。

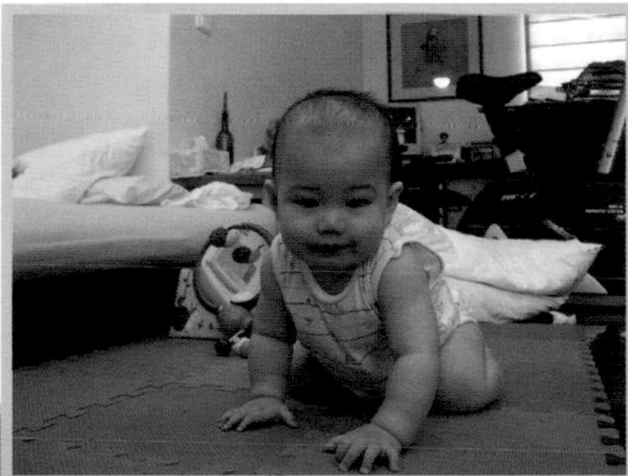

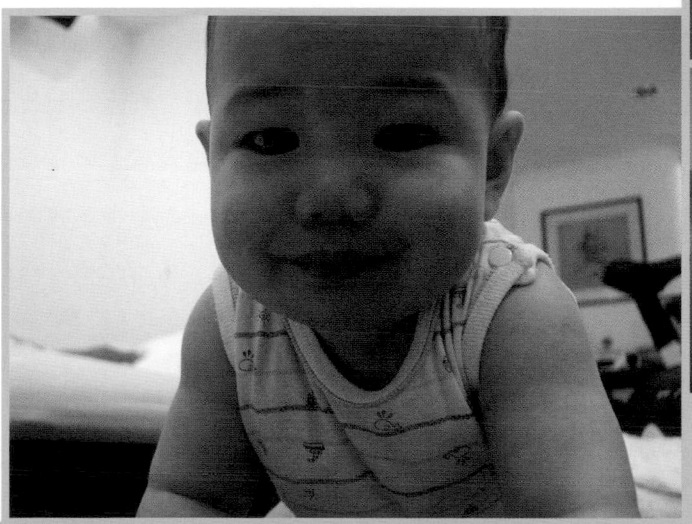

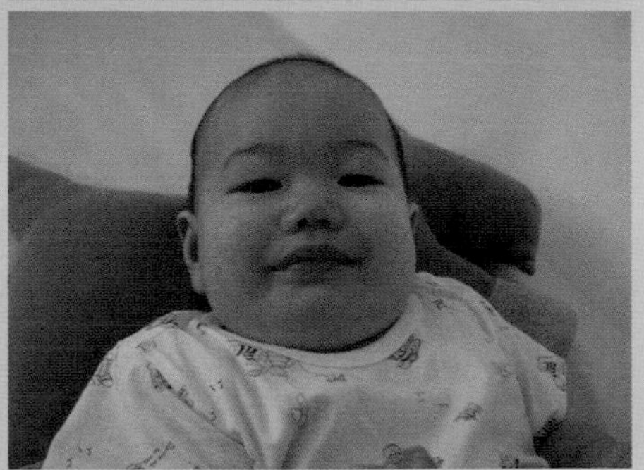

銓銓「塞塞」的表情，真的是一副很「塞」的樣子，以後看到你家寶寶這種表情，一定就是在「塞塞」啦！

在銓銓喝母奶的八個月間，他的「塞塞」都不會臭，據瑾說還有「哇沙米」的味道，我是不敢像瑾一樣這麼近聞，但換尿布的時候都不會有令人不舒服的味道，我覺得小寶寶真是一個潔淨到不行的生命，不僅心無雜念，連身體也都是「全新」無污染的，身為父母的我們也更要努力用最自然、健康的方式照顧他，不要讓他太早接觸到太人工的飲食。到現在銓銓一歲了，我還是喜歡在他每天一早醒來時，聞他嘴巴的「香味」（不誇張，小寶寶的嘴巴真香，喝母奶的時候有奶香，斷奶之後也還會有另一種讓人身心舒暢的香味。）

到銓銓斷奶之後（八個月後），我們又要重新注意他「塞塞」的狀況，有一次銓銓一直沒「塞塞」，前一、二天我們覺得還好，可是第三天開始我們就開始緊張了，趕忙帶去找醫生，醫生除了開藥之外，也教我們一個方法：小孩便祕時，可以用棉花棒或溫度計尾端抹上凡士林稍微刺激一下寶寶的擴約肌，讓寶寶意識到「塞塞」這件事，或在沾凡士林後伸入肛門1~2公分。回家之後我們用這方法，還真有用，銓銓過一下就「塞塞」。當銓銓越來越大，他也就越能控制自己的「塞塞」，有一次他也是兩、三天沒有「塞塞」，瑾一直擔心要不要帶他去看醫生（瑾到現在還是每天一直Focus在銓銓有沒有「塞塞」），那天下午，我們帶銓銓去試上一堂幼兒的肢體活動課程。在一個小時的走、爬課程加上老師大聲叫喊的指令及熱鬧的音樂聲中，銓銓乖乖的完成上半場，下半場便離開所有人自己去探險，看得出來他運動得很開心，有趣的是，銓銓回家就「塞塞」了。

綜合以上所得到的心得就是：適當的飲食、運動與愉快的心情，能讓寶寶「塞塞」順利。

包尿布大戰

有一天在電視新聞看到某尿布廠商在父親節辦了一個爸爸包尿布大賽，誰包得最快，就可以贏得尿布一堆，說真的這獎品還真吸引我，因為寶寶用尿布像喝水一樣，一天要換四、五次。而一片尿布大約要10塊左右，一個月換下來也是一筆錢，可是看到每個爸爸拚老命包尿布，而且第一名只用了五秒，我真的覺得這個比賽趣味性十足，可是卻貶低了包尿布這樣一個神聖的工作。因為包尿布真的不簡單，在包的時候除了要想辦法讓寶寶乖乖平躺讓你包之外，還要注意到每個細節有沒有處理好。

首先要讓寶寶乖乖躺著就是一門大學問，你要先瞭解寶寶的個性，然後找一堆可以分散他注意力的東西，讓他不感覺到在包尿布，像銓銓喜歡我們的鑰匙包和鑰匙，還有維尼熊、手機、搖控器等，所以每次換尿布我們就要把這些「武器」準備好，一樣一樣地換，讓他乖乖地躺著換尿布，這種方式成功機率高達九成，千萬不要認為你可以以暴力讓他屈服，使用暴力換尿布的結果只會讓他哭，讓自己更累更生氣，然後尿布也包不好。還有一點要切記，舊尿布一脫下後就要「趕快」拿濕紙巾擦屁屁，然後「趕快」把新尿布穿上（換之前新尿布就要先

銓銓從小就不難看出他搞怪的天份，這樣的一個小鬼靈精換尿布的時候還真是麻煩。

攤開準備好），否則你會發現寶寶最愛在沒穿尿布的時候尿尿。雖然「童子尿」不臭（瑾還說香香的），但是換尿布的成就感會大打折扣。

再來我們要知道尿布怎麼包寶寶才會舒服，如果你還不知道你家寶寶對於你包的尿布舒不舒服，你可以在換尿布的時候看看他雙腿和尿布有接觸的部份有沒有紅紅的，如果有，就表示那個地方沒處理好。

基本上當你把寶寶屁股抬起，鋪上尿布之後，先要調整一下屁股和尿布的位置，看看有沒有剛好前後平衡，然後包上尿布後才能撕開腰部的膠帶（如果先撕的話有可能會黏到寶寶嫩嫩的皮膚，那可是會傷到他們的）。然後要記住膠帶黏的刻度（一般尿布都有），絕對不可以太緊，否則寶寶一喝奶肚子一鼓就會很難受，黏好後，要把膠帶覆蓋的那層不織布往後拉襯，直到擋住膠帶，這個步驟若沒注意到，膠帶就可能會劃傷寶寶的腿，兩邊都拉襯之

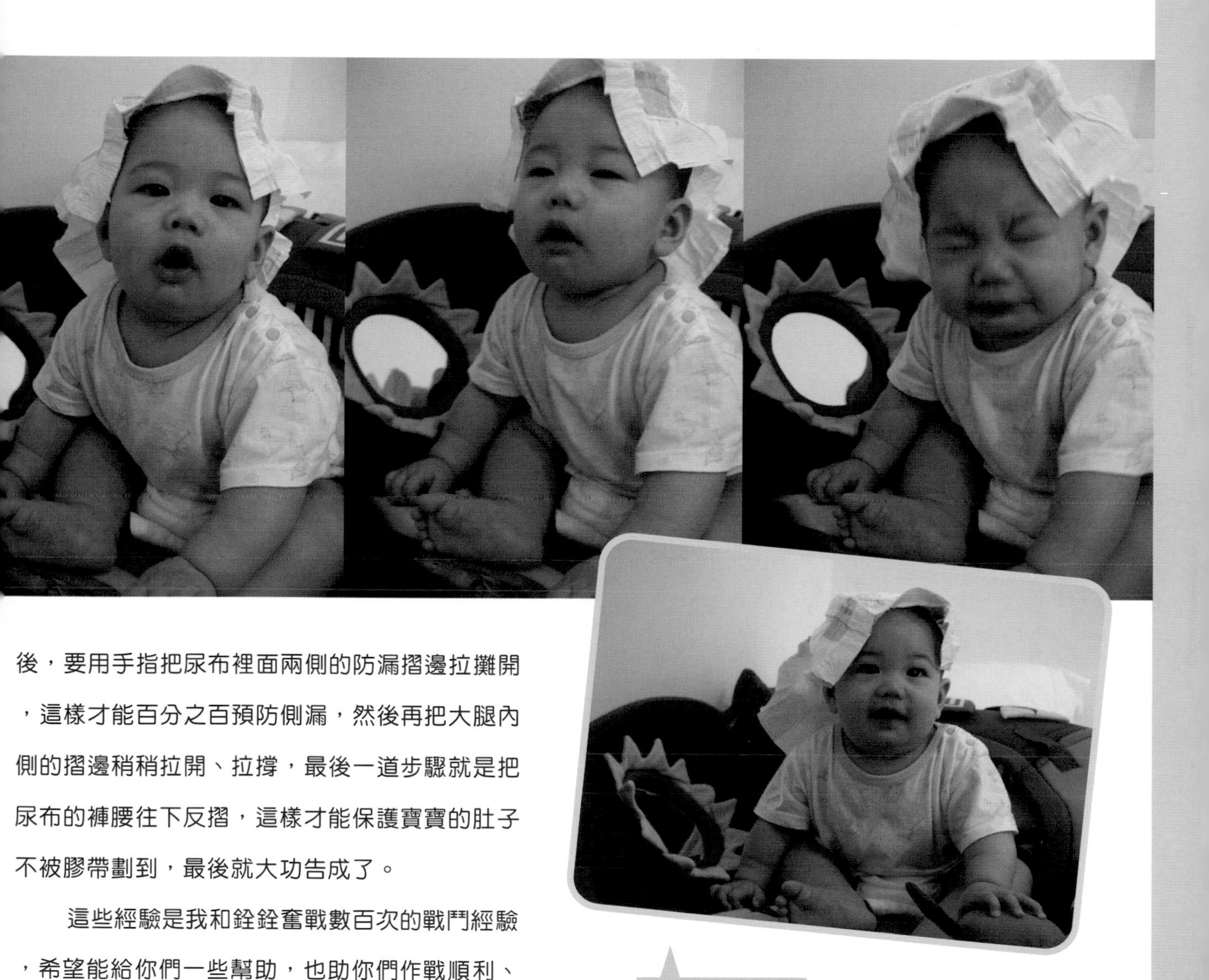

尿布國王劉子銓。

後，要用手指把尿布裡面兩側的防漏摺邊拉攤開，這樣才能百分之百預防側漏，然後再把大腿內側的摺邊稍稍拉開、拉撐，最後一道步驟就是把尿布的褲腰往下反摺，這樣才能保護寶寶的肚子不被膠帶劃到，最後就大功告成了。

　　這些經驗是我和銓銓奮戰數百次的戰鬥經驗，希望能給你們一些幫助，也助你們作戰順利、成功。

客廳、沙發、Puppy、我和新家

我和瑾以及我們的家人都是熱愛動物的狂熱份子，我家有一隻狗（Puppy）和一隻貓（喵喵）；瑾家裡有4隻狗（都是瑾的媽媽在路上撿回家養的可憐流浪狗）和一隻貓（也是流浪貓）。我和瑾都很確定，銓銓的未來也要和動物一起生活，他也要和我們一樣愛狗與熱愛生命。

瑾坐月子的時候，銓銓就在岳母家跟狗狗在一起了。

銓銓出生前，我和瑾以及Puppy住在一起，不但一起生活也一起睡，雖然Puppy很神經質會亂叫，但是牠的叫聲中卻迴盪著一種幸福的意涵－一個男人、一個女人和一隻狗的幸福家庭生活。

現年14歲的Puppy是屬於運動型老奶奶，年紀雖大，但跑、跳、叫樣樣行，威力絲毫不減當年，我們深愛著Puppy和這樣的生活，Puppy也用同樣的熱情迎接我們的每一天（牠們這樣的熱情是我始終覺得人不如狗的地方）。懷孕期間我們也不理會周圍人的「恐嚇」，像是「貓狗有細菌會影響胎兒」、「動物毛會造成胎兒的過敏體質」、「動物的跳蚤、蝨子@＃＄※％＄」……，我反倒在主持廣播節目時獲得一個來自澳洲最新醫藥界的新聞：除非小朋友的體質天生對貓狗等動物過敏，否則小朋友從小和動物相處，會增加他們的免疫能力，並降低過敏發生的機率。這個新聞更確定我「雖千萬人吾往矣」的自信：我要家人一輩子和動物一起生活。

瑾生產住院、坐月子（在娘家）的這段時間，Puppy著實寂寞了些，但是月子一坐完，我們一家「四口」就又團聚了，可是這次團聚卻成為分離的開始。

銓銓一直是個比較敏感而早熟的孩子（照星星王子的說法，這是水瓶座寶寶的特質），坐完月子回家後，常常半夜要起來七、八次，只要一點點的聲響或光線的改變就會醒來，當時我們一家四口都會睡在同一張床上，可是Puppy的神經質，讓牠經常因為一些我們察覺不到的風吹草動就汪汪大叫，銓銓也因為這樣常被嚇醒，於是瑾便堅持要把Puppy放到樓下媽媽家中，為了這事我們溝通了很久，我一直覺得Puppy和我們生活了十幾年，怎麼可以因為一個寶寶的出現就意圖放逐牠？這樣實在太可憐，也太不夠意思了。可是瑾的問題是每次銓銓嚇醒，瑾又要從好不容易獲得的破碎睡眠中醒來、哄他，然後又很難入睡。最後的結論，還是要把Puppy送到樓下媽媽家中，而我這才了解，你並不會因為是一家之主就有什麼決定權，有了小孩之後，生活中一定會產生很革命性的改變，而這才是開端。

那一陣子原本睡前在房間看電視的習慣也被迫改變，電視搬出房間，而我也因為工作太操勞，常頭一沾枕就睡著，因為多了一個銓銓在一起睡，而使得我在床上睡覺的面積變小，我也因為睡覺姿勢改變而開始打呼。這下子瑾又和我溝通，希望我睡客廳，不然每次我打呼又會把銓銓吵

我們希望銓銓也能和我們一樣愛狗、愛動物、愛所有的生命。

醒，我只好當個體貼的丈夫、疼小孩的爸爸，捲舖蓋到客廳過「獨居」生活，這才使瑾和銓銓的作息完全不被打擾。

所以要提醒每一個愛寵物的人，當你準備要生小孩的時候，要先想清楚，你家的貓啊、狗啊有沒有隔離的空間，不要以為你愛寵物的心會大於寶寶，或老婆會像以前一樣把對寵物的愛放在第一位，更重要的是連你在老婆心中的排位都會下滑。

+01-03
我沒記錯的話，銓銓滿月酒之後我就開始睡客廳了。

+04-06 喝吧！Q爸爸今天該你醉的，趕快開心喔！明天要去睡客廳了。

「滿月酒」

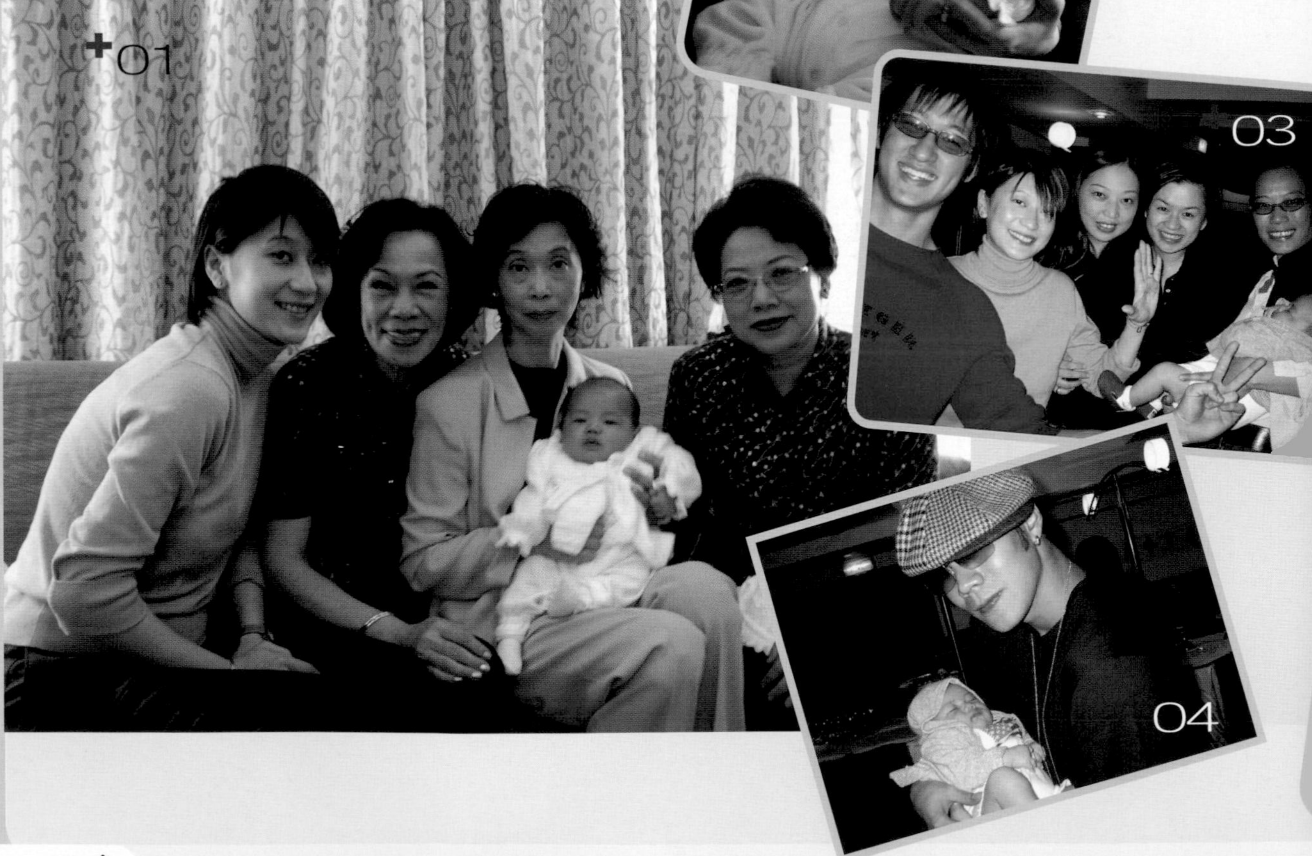

+01-07
幸福的銓銓。雖然被「輪抱」了一整晚，但是大家都好開心呢！

還沒完喔～～

銓銓過完滿月之後，家裡又發生革命性的變化，原本二大一小的二十多坪生活空間綽綽有餘，可是有寶寶之後鐵定會多佔用三分之一以上的空間，你們就準備搬家換一個大一點的房子吧！（像是滿月之後一堆的禮物）。

首先你要覺悟的是：照顧寶寶的老婆不會有任何精神和力氣去整理家裡的。作丈夫的就必須扛起整理家務和做家事的工作，但是東西多是不爭的事實，當時我只好把三年後買房子的計劃提前實行。我又花了好幾個月的時間一邊承受空間太小的壓力，一邊在工作夾縫中找房子，在找房子的過程也要提供大家一個經驗，就是有寶寶的家庭一定要努力地在家中擠出儲藏空間，除了多了一大堆寶寶的衣服、用具、禮物之外，不定時出現的玩具更是頭痛的事，加上為了讓開始學走的寶寶有安全、自由、不受拘束的活動空間，所有他搆得到的危險物品（玻璃器具、清潔用品、刀、叉、有尖角的家具等等）都要收起來。有些人可能會說，小孩要教要管，不能讓他為所欲為，可是一篇關於寶寶心智發展的報告說：六到八個月的寶寶正值大腦創造力發展的時期，一定要給他一個自由活動且安全的生活空間，才能幫助他們在創造力的發展，常常禁止他摸東摸西並不好。所以身為一個父親，除了把危險東西收起來，還要把插座用安全蓋蓋上、電線藏好，每一個桌角包上防撞貼條；我盡全力完成了寶寶的活動空間，可是驚險狀況仍不斷發生，像是：從床上或沙發上摔下來，爬的時候撞到椅子或櫃子，不小心手滑撞地板、坐著的時候後仰或前趴的時候撞到玩具或玩具盒……等等，真是有擔心不完的事，而你的注意力更是一秒也不能離開。

2003年年底終於買了一個有廣大活動與儲藏空間的房子，我仔細地作好每一樣保護措施之外，也把一塊新的床墊搬到客廳，把所有茶几、櫃子都移到儲藏室，這樣不但不怕銓銓從沙發上摔下來，也讓客廳變成銓銓的遊樂場，可以讓他爬上爬下，四處運動；更好的是，我在客廳終於可以不用睡沙發了，呵呵～（苦笑ing）。

帶小寶寶出門一定要注意保暖，尤其是寶寶的頭。

尾聲

陳建年在「孩子與你，我的天堂」這樣唱著：

牽著你的手　奔跑在草原上
輕柔的風伴著白雲飄盪　情緒在飛揚
陪你們走過天涯海角　是我一生摯手的夢想
細細呵護溫暖在胸口　再沒有悲傷
親吻臉龐滿足在心中　永遠的希望
（點點喜樂充滿著歡笑　這是我的家）
藍藍天空　陪著我們小小天堂
孩子與你　是愛是夢是希望
外面世界不論如何狂風巨浪
守在你身旁　守著家　守著天堂

我常一個人在車上一邊聽著他的歌，一邊哭得像個小孩，好笑的是，我在這首歌中竟然是因為看到自己當爸爸的偉大而感動落淚。「海底總動員」中尼莫的爸爸在失去太太時，手上捧著還沒孵化的尼莫說：「沒事了，別怕，老爸在這裡，老爸會保護你，我保証不會讓你發生任何事……」這就是做爸爸的心情。

當爸爸的我們擁有比女人更強健的體魄，也理所當然地要比女性更堅強，當全世界都確定了「男人」或「爸爸」的意義後，我們就成了「血汗流於外，眼淚吞進肚」的鋼鐵男子了。我經常光是看著銓銓跟瑾之間的互動就感動得想哭，也常常在銓銓有些小碰撞的時候，強忍住可能會跟他一樣多的眼淚，更要壓抑想每天在家抱他、親他而不去工作的衝動，我想這就是父親吧！生命中充滿壓抑情感的悲劇英雄。

銓銓二個多月大的某一天早上，我依照那陣子每天固定的作息，一大早七點左右起床陪銓銓

玩到中午再交給瑾，我一大早的精神狀態大約也只能躺在他的旁邊和他說話，而銓銓也只像是有意無意地對我笑笑作作鬼臉，我一時興起把銓銓的手抓來磨我的鬍子，這時候，一段遙遠時空中某一段脫軌的記憶出現了，我的手臂上竟然出現鬍子磨擦的感覺，我突然意識到這是當我和銓銓一樣小的時候，爸爸抓我的手去磨他的鬍子的感覺，我很深刻地明白在我國二過世的父親，當他

抓我的手去磨他的鬍子時，他就和此刻的我一樣，正在幸福地感受著愛，可是那個本應是我和父親最親近、幸福的時刻，卻在我的記憶中所剩無幾的存在著。我不知道這本書中所呈現出關於我們和銓銓之間的愛，還會不會存在於他長大後的世界裡，但是我很努力地在工作空閒之餘，和瑾一同帶著銓銓出門遊玩，在銓銓四個月的時候，我們遠征到了台東露營，更不用說百貨公司、餐廳或公園之類的行程。我只盼望銓銓在他成長的過程中，能有更寬廣的世界觀，對人有更多的熱情，對生活和生命有更積極的態度；我希望他一直相信不論我在抱他、親他、罵他或打他時，我永遠都是深愛著他的；當他有一天成長到和其他年輕小伙子一樣覺得不需要老爸的時候，我仍相信我曾經給他的這一切，能讓他活得更好、更精彩。

　　希望這本書在不管多久後的未來，當我們迷失自我或方向的時候，可以證明我們曾擁有過的愛和幸福。

銓銓四個多月的時候到台東杉原露營。

銓銓參加的第一個婚禮。

我和銓銓第一次共浴。

ㄙㄞ ㄋㄞ

叫我怎麼捨得離開銓銓出門工作？！

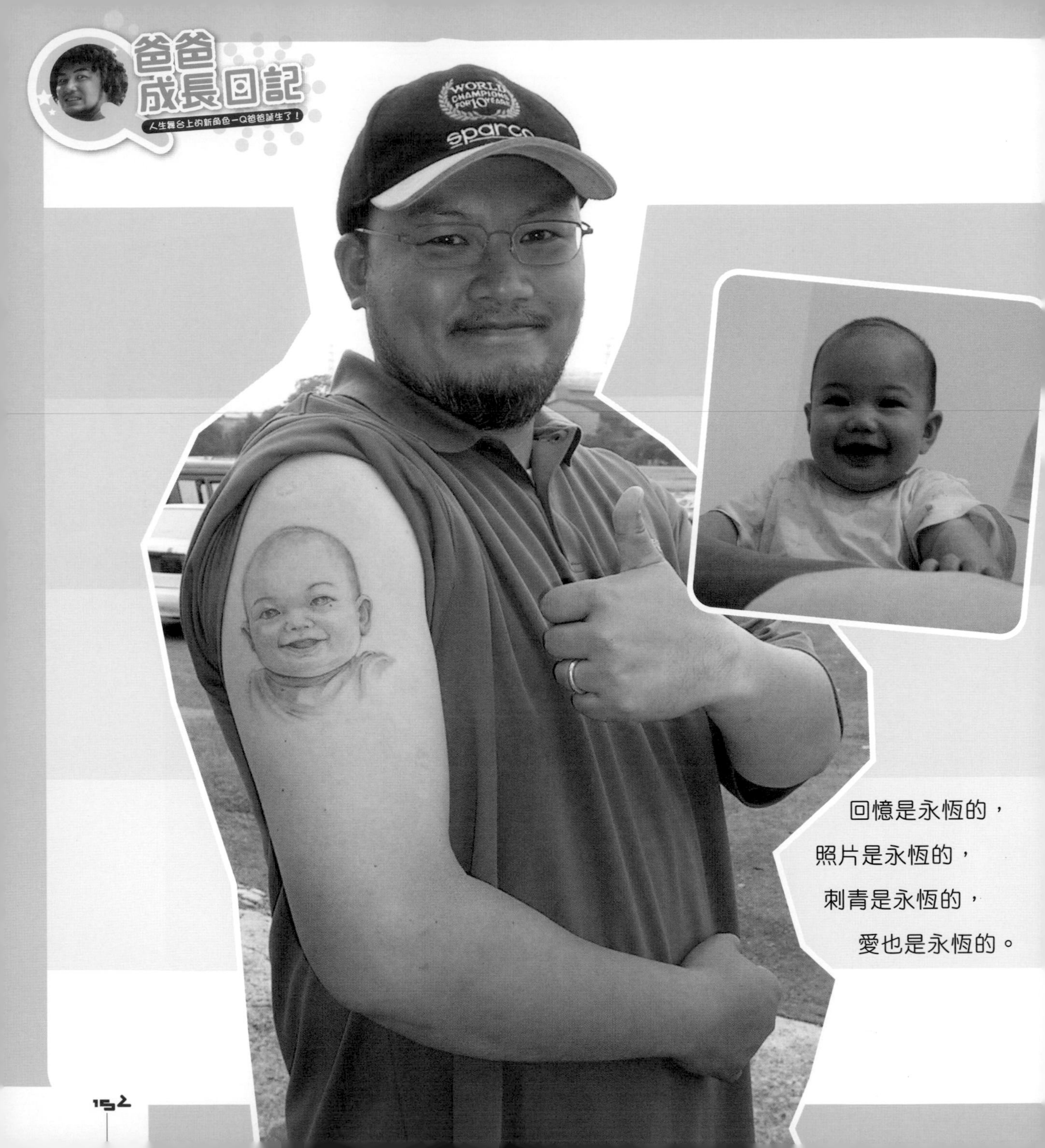

回憶是永恆的，
照片是永恆的，
刺青是永恆的，
愛也是永恆的。

回憶是失去還是擁有的？

這一本對我來說具有奇特意義的書，
是我花了很久很久的時間，
在拍戲的夾縫中把所有的感覺整理出來，
過程中甚至還差一點犯了躁鬱症，
但我還是很高興它終於完成了。

每次拍戲吃著陳瑾做的愛心便當，
我都會發呆，
想著在家裡的她和銓銓，
享受一種什麼都不需要去想的幸福。
很謝謝陳瑾在我寫書的這段期間，
除了忍受之外還要幫我對抗銓銓的干擾，
更要謝謝他們母子給我那麼豐富而幸福的生命。

謝謝為了這本書忙到翻了兩圈的雅婷、小汪、Jon Jon及葉子出版社的團隊，
你們讓我感受到了超越工作邏輯的努力，
真的很感動也很高興能跟你們一同完成這本書。

也謝謝《嬰兒與母親》慷慨提供照片及很多專業資訊的分享，
還有宗北聯合診所的陳玉玲醫師百忙之中的校對，
讓這本書的專業訊息更豐富而準確。
還有不辭辛勞的關碧桂（豆豆），
沒有她的無蝦米快手和對我其醜無比的怪字的辨識能力，
我一個人也真是搞不定的。

至於在書上看到那麼那麼多的照片，
則是要謝謝：
志偉、小蔣、胖胖、秋興等人，
我只能說愛拍照的男人都是超級好男人。

也謝謝照片裡出現的所有親朋好友們，
我們會一起活在彼此最美好、快樂的回憶中，
永遠不會失去彼此。

奇哥
chickabiddy
寶寶的第一個朋友
奇哥股份有限公司　台北市南京東路四段186號5樓　TEL:(02)25781188 www.chick.com.tw

mothercare
世界第一英國嬰童用品服飾

KONICA MINOLTA
ㄅㄚˇㄅㄧˊ：
放上ㄑㄩˋ的照片，
ㄐㄧㄥ彩才不會ㄑㄩㄝ席ㄛ！
片洗出來，生活才精采
ㄞˋ的ㄅㄚˇㄅㄧˊ，
空的相框，少了我的照片陪伴你，一定會
寂寞ㄡˇ！雖然大人們都粉喜ㄏㄨㄢ把照片ㄍㄨㄢ在ㄕㄨˋ
相ㄐㄧ裡，可是我ㄐㄩㄝˊ得照片還是洗出來比較ㄆㄧㄠˋ亮ㄟ！
為把照片洗出來，以後你想念我的時ㄏㄡˋ就可ㄙㄨㄟˊ時看到
了Y...... ㄊㄧㄥ說柯尼卡的ㄕㄨˋ位滿意沖印服務，可以把ㄍㄨㄢ在ㄕㄨˋ
相ㄐㄧ裡的照片放出來玩...... ㄓㄣ想叫你ㄍㄢˇ快去洗，那相框裡就有
ㄞˋ的我跟你作伴˙ㄌㄨㄛ！
想要你粉ㄐㄧㄥ采的 小丸子留
它抓得住我
灣總代理 永準 (02) 2393-3151 (04) 2232-3258 (07) 333-5121 www.konicaminolta.com.tw 網路沖印網站 www.photome.com.tw

廣和仕女餐

把握一生中改變體質的機會

「女性的一生中有三次改變體質的機會」這個觀念，在莊淑旂博士的宣導下，已經深植在許多女性朋友的腦海中，大部分的女性都知道，這三次分別是初潮期、坐月子期以及更年期。那麼，對於已經錯過了初潮期、距離更年期又很久的女性來說，難道就沒有改善體質的機會了嗎？不不不，可別這麼悲觀，因爲莊博士在著書中也提到：女性要永久保持青春美麗，也有三個機會，這三個機會分別是：生理期間的護理、產後及流產後的保養，以及更年期的對策。莊博士認爲，重視生理，小心生理前後的護理，未來就能輕易的分娩，也就能順利地度過更年期。換句話說，**每個月光臨一次的好朋友【生理期】，正是妳可以改善身體狀況的時機！**

生理期保養得好，不但會讓妳精神奕奕、神采飛揚，就連平常圍繞妳多年的頭痛、經痛症狀，都會隨之減輕甚至完全消失。妳，將會感覺整個人都活了起來！

廣和仕女餐外送服務方法與價格：

一、方法：完全依照廣和莊老師的方式料理，於生理期間每天配送一次，連續五日，早上九點前送達，全年無休。

二、價格：原價**8,000**元，**仕女五日餐**特惠價**6,600**元（含運費、材料費、工本費及**莊老師 仕女寶 一盒**），一次訂購六期（仕女餐**30天**+莊老師 **仕女寶6盒**）特惠價**36,000**元（再省**3,600**元！）。

三、料理方式：

1. 全程使用『**廣和坐月子水**』料理。
2. 麻油使用慢火烘焙的「**莊老師胡麻油**」。
3. 一律使用**老薑爆透**（爆至兩面均皺，但不可爆焦）料理。

莊老師 幼儿ㄟ寶

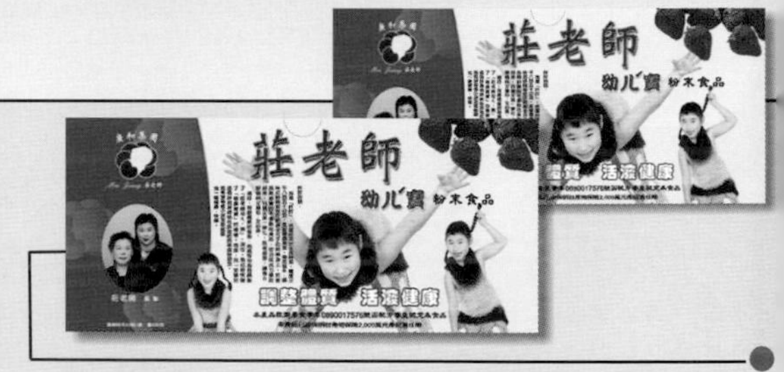

「莊老師幼儿ㄟ寶」是專爲**嬰、幼兒**設計的天然養生保健食品，內含珍貴的**冬蟲夏草、珍珠粉**並輔之以**乳鐵蛋白、孢子型乳酸菌、牛奶鈣、綜合酵素**及**果寡糖**等多種營養成分，經過科學配製，精心製造 而成的天然食品。能幫助幼童促進新陳代謝、維持消化道機能，使養分充分吸收，並能補充天然鈣質，幫助牙齒及骨骼正常發育，是嬰、幼兒必備的天然養生食品。

附註：

適用對象：四個月以上的嬰兒及一般**幼童**。

食用方法：A.1歲以下的嬰兒，每日一包，分二次，可加入牛奶或果汁中攪拌均勻服用。

B.滿週歲以上的幼童，每日二包，於早、晚飯前服用，可加入牛奶或果汁中攪拌均勻，或直接放入口中咀嚼服用。

產品規格：5公克×60包/盒，粉末狀，添加天然的草莓口味，爲純天然的食品。

產品價格：2,500元/盒

大章老師章惠如的寶貝女兒『阡阡』

使用後

使用前

慶祝『廣和』莊老師新產品上市 憑截角『幼儿ㄟ寶』每盒可折價400元喔！

憑截角購買幼儿ㄟ寶 每盒可折價 400元

廣和坐月子生技股份有限公司 天母分公司

總公司地址：台北市士林區天母西路3號8樓之7　全省諮詢專線：**0800-666-620**

7ugo.com 引領
新時尚孕味
全台灣獨家限量商品!專櫃買不到ㄛ!!
妳還在等什麼呢? 從未出現過的超炫孕婦裝就在7ugo!!

廣 告 回 信
臺灣北區郵政管理局登記證
北 台 字 第 8719 號
免 貼 郵 票

106-□□
台北市新生南路3段88號5樓之6

揚智文化事業股份有限公司 收

□□□-□□
地址：　　市縣　　鄉鎮市區　　路街　段　巷　弄　號　樓
姓名：

L2101

Q爸爸成長日記

葉子出版股份有限公司

讀・者・回・函

感謝您購買本公司出版的書籍。
爲了更接近讀者的想法，出版您想閱讀的書籍，在此需要勞駕您詳細爲我們塡寫回函，您的一份心力，將使我們更加努力！！

1. 姓名：________________
2. E-mail：________________
3. 性別：□ 男 □ 女
4. 生日：西元_____年_____月_____日
5. 教育程度：□ 高中及以下 □ 專科及大學 □ 研究所及以上
6. 職業別：□ 學生 □ 服務業 □ 軍警公教 □ 資訊及傳播業 □ 金融業
   □ 製造業 □ 家庭主婦 □ 其他_____
7. 購書方式：□ 書店 □ 量販店 □ 網路 □ 郵購 □書展 □ 其他_____
8. 購買原因：□ 對書籍感興趣 □ 生活或工作需要 □ 其他_____
9. 如何得知此出版訊息：□ 媒體_____ □ 書訊 □ 逛書店 □ 其他_____
10. 書籍編排：□ 專業水準 □ 賞心悅目 □ 設計普通 □ 有待加強
11. 書籍封面：□ 非常出色 □ 平凡普通 □ 毫不起眼
12. 您的意見：____

____
13. 您希望本公司出版何種書籍：____________________________

☆塡寫完畢後，可直接寄回（免貼郵票）。
我們將不定期寄發新書資訊，並優先通知您
其他優惠活動，再次感謝您！！

根

以讀者爲其根本

莖

用生活來做支撐

葉

引發思考或功用

果

獲取效益或趣味